Kadokawa
Fantastic Novels
Размазня❤
4
不時輕聲地
以俄語遮羞的
鄰座艾莉同學
Иногда Аля внезапно кокетничает по-русски
U0075374

「我啊，其實不會游泳喔～」
瑪利亞・米哈伊羅夫納・九条

周防有希
「這樣很性感吧？嗯嗯？」
君嶋綾乃
「剛才做得太過火了，在下深感抱歉。」

「嗯……好了，
我們一起回到大家
那裡吧。」

「我……我平常在家裡都會穿晚安內衣哦？
可是，今天我不小心忘記帶來參加集訓……」

目錄

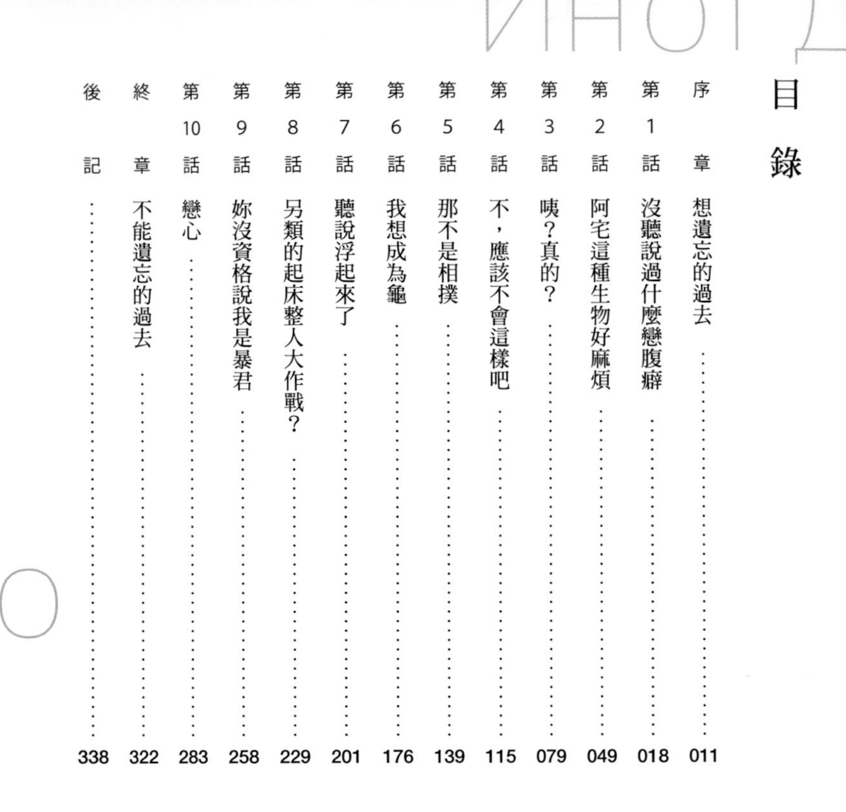

story by sun sun sun
illustration by momoco
燦燦SUN
插畫 ももこ

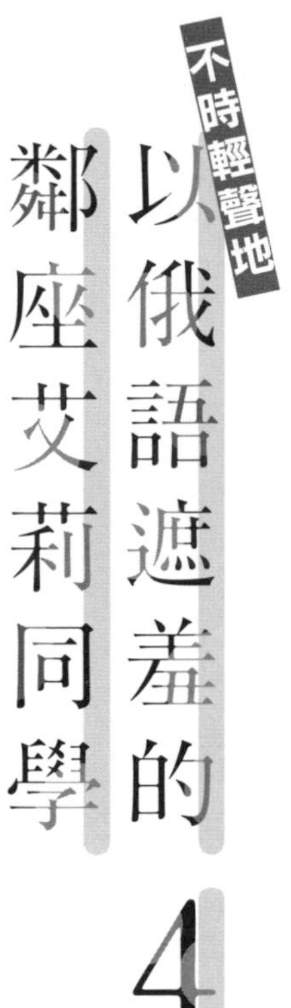

Иногда Аля внезапно
кокетничает по-русски

Kadokawa Fantastic Novels

序章 想遺忘的過去

「在大腦與身體顯著成長的兒童時期，整天玩樂簡直是愚蠢至極。社交之類的能力等到以後想學多少都沒問題，重點是要趁現在盡量培育才能。大多數的凡夫俗子，都是成為停止成長的大人才察覺這一點，到時候就來不及了。政近，你明白吧？」

外祖父大人經常當成口頭禪般這麼說。可以不斷成長的現在這個時期很寶貴，所以不准浪費。現在努力就可以在今後的人生免於吃無謂的苦。

「我會準備最好的環境與最好的老師。你擁有才能。那是比任何人都優秀，出類拔萃的才能。為了活用你的天分，我付出任何辛勞也在所不惜。」

這段話是真的。包括課業、才藝以及武道，我知道自己接受多少教育就有多少成長。受到老師與家人的稱讚，我感到驕傲。

「我說周防，你要不要一起來？」

「省省吧。反正邀他也不會來。」

這也沒辦法吧，因為今天要練鋼琴。電玩？那種東西打得好有什麼用？

我和你們不一樣。擁有才能的人非得努力才行。非得持續努力到看見才能的極限才行。我必須回應外祖父大人的期待。

「英語已經說得這麼好了嗎？政近真厲害。」

謝謝。不過母親大人，還不只如此喔。我還可以繼續進步。等到我說得更流利，到時候您要好好稱讚我哦？母親大人。

「對不起，哥哥大人。我老是躺在床上，所以害得您很辛苦吧？」

說這什麼話，有希，妳體弱多病所以沒辦法吧？放心，我會連妳的分一起努力。我會好好繼承周防家，所以妳不用在意任何事也沒關係。

「政近，你還好嗎？老是學才藝不會很累嗎？你可以像個普通孩子多玩玩啊？」

玩？父親大人，我剛剛才和有希與綾乃玩撲克牌喔。玩了一小時那麼久，所以得趕快回去用功才行。

最近，母親大人的笑容有點僵。總覺得像是勉強稱讚我。為了不讓母親大人繼續勉強自己，我一定要更加努力才行。

「哇，空手道拿到黑帶？政近你好努力，真是了不起。」

果然在勉強。其實您不滿意。因為您不是由衷這麼認為，所以才會移開視線避免真心話被發現吧？

母親大人，對不起。為了不讓母親大人說謊，我會更加努力。努力到能讓您由衷稱讚我。

「政近大人？您是不是該休息了……」

我沒事的，綾乃。我還沒看見自己的極限，所以必須更加努力才行。

不提這個，幫我看看有希吧。我沒事，所以多多關心有希吧？

「你這傢伙，其實瞧不起我們吧？」

「家裡有錢就跩成這樣。」

少囉唆，不要妨礙我，有夠煩的。不准動不動就來找碴，別管我！

「周防同學，再稍微和朋友們和睦相處吧？」

連老師都多管閒事。那種傢伙不是朋友，是只會扯後腿妨礙別人的一群人渣。

我沒空理會那種傢伙。其實我甚至不想上學。我時間不夠，必須更加努力，不然母親大人不會由衷對我展露笑容！

「你這傢伙別再來學校了。」

「一點都沒錯。我反倒想問你這傢伙為什麼會在這裡？」

給我閉嘴，你們這些死小鬼。我妹妹即使想去學校都沒辦法去。

光是稍微運動就咳個不停。別說上學，甚至連外出都難以如願。

『是兒童氣喘，症狀相當嚴重。環境或氣溫的變化當然不在話下，情緒激動也可能會發作，所以請小心。』

你們敢相信嗎？有希不能生氣，不能哭泣，甚至不能放聲大笑。不只是身體的自由，連內心的自由都被疾病剝奪。

即使如此，她也完全不會耍任性。勉強自己露出笑容，避免造成更多的困擾。沒人想和你們這種人混在一起。其實我想陪在有希身邊。可是有希會難過……包括有希的分，我可不能請假不上學！

「又是工作？你完全沒回家吧！」

「對不起，其實我很想多多陪伴家人……」

「啊啊真是的，你總是這樣！你是不是覺得只要道歉就好？」

為什麼……為什麼母親大人氣成那樣？不要生氣，像以前那樣笑一下吧。我會努力，所以別對父親大人生氣好嗎？對了，我來彈母親大人說過很喜歡的那首鋼琴曲吧。記得是蕭邦的……叫做什麼？雖然是很難的曲子，但我努力練習吧。

等到我努力學會彈這首曲子，母親大人也肯定……

「夠了，別再這樣了！」

肯定……會開心。我明明是這麼認為的。

為什麼，怎麼會這樣！我一直努力到現在！即使整大學才藝沒時間玩樂，即使在學校被罵囂張被欺負，只要母親願意稱讚我，只要有希仰慕我，我就不以為苦！

為什麼不肯認同我的努力？多多稱讚我吧！溫柔摸我的頭吧！像以前那樣！

「關於優美的事……你母親的事就別管了。你和至今一樣勤於鑽研就好。」

和至今一樣？意思是叫我今後……也要繼續努力嗎？辦不到……為什麼，為什麼不肯理解我的痛苦？

痛苦。我好痛苦。外祖父大人的期待令我好痛苦。和母親大人在一起令我好痛苦。有希與綾乃純真的雙眼……令我好痛苦。我受夠了。我……再也不想待在這個家了。

「怎麼啦，周防，你不回家嗎？」

「喂喂喂，在摸魚嗎？你不是要去學才藝嗎？」

好煩……這些傢伙真的好煩。總是總是總是總是……乾脆讓他們乖乖閉嘴一次吧

——不行，不可以。這些傢伙不值得我來對付。別管他們，不可以理會他們……

「嘖，真無聊。自以為多麼了不起……」

「比起這傢伙，捉弄他的妹妹比較好玩耶？」

「妹妹？」

「沒錯沒錯～～不過她最近沒來上學。」

別管他們，別管…………

「總覺得她也是擺出一副大小姐的樣子，有夠讓人火大。上次我稍微拿走她的鉛筆盒，結果她大喊『還給我還給我～～』然後突然就昏倒了。」

「這是怎樣？有錢人真是軟弱。」

「感覺她好像整天都窩在房間彈鋼琴。」

「啊哈哈哈哈！」

別管……他們…………！

……………………………………

「政近歡迎，好久不見～～」

「喔喔政近，你來了嗎？我聽說了哦？你把四個男同學打得鼻青臉腫？幹得好！這才是男子漢！」

「等一下，老爺子，這種事怎麼可以稱讚？」

「應該已經被訓話訓夠了吧？而且我不認為政近會莫名其妙動粗。男子漢揮拳的時候，一定是在某方面不能退讓的時候。政近，對吧？」

「真是的……總之政近，你想在我們家待多久都沒問題哦？」

「不然的話，我也不介意你就這麼住進爺爺家哦？對了，馬上讓你欣賞我的俄羅斯收藏品吧！」

……為什麼突然被稱讚？我不懂……這裡和周防家差太多，我感到混亂。

「已經懂這麼多俄語了嗎？哇～～你果然是恭太郎的兒子。」

這沒什麼大不了的。即使因為這種事被稱讚，我也一點都不高興。我只希望得到某人的稱讚……沒有任何人可以取代。即使被其他人稱讚，我也只會覺得空虛。

【咦，你會說俄語？好厲害好厲害！】

空虛……只會覺得空虛……

【哇，你真的什麼都會耶，好帥！】

這種事……我……

【你會彈鋼琴？我想聽我想聽！欸，下次彈給我聽吧？一言為定！】

沒有任何人……可以取代……

【真津！】

——————……………………

第1話

沒聽說過什麼戀腹癖

「哥哥，快起床吧？」

這裡是只聽得到細微的蟬鳴與空調聲，寧靜陰暗的房間。然而原本沉穩的空氣被少女撒嬌的細語撼動。

不過，被這聲細語呼叫的少年，就只是閉著雙眼稍微皺眉，在床上蠕動。

「再不起來……我就要親下去哦？」

對此絲毫不感煩躁，反倒隱含些許笑意的嬌滴滴聲音，再度在安靜的室內響起。

不過，少年還是沒有起床的徵兆。對此，少女掛在嘴角的淺淺笑容……變成揚起嘴角的奸詐笑容，打從心底愉快大喊：

「好的可惜時間到！好的我咬～～！」

「好痛！」

脖子突然傳來刺痛，少年——久世政近忍不住彈起身子。

「啊，起來了。」

「說這什麼話！妳突然做什麼啊！」

政近按著脖子彈跳起身，瞪向蹲在床邊的少女——他的親妹妹周防有希。不過有希看起來毫不畏懼，就這麼掛著笑嘻嘻的表情，反倒像是挑釁般回應。

「所以我不是說了嗎？再不起來就要親下去。」

「我哪知道。話說剛才那樣哪裡叫做『親』了？」

「這是彷彿輕咬的吻喔，你不知道嗎？」

「不是『彷彿』，妳是直接大口咬吧？」

政近真的像是要狠狠咬人般如此吐槽，有希感到意外般揚起單邊眉毛開口：

「什麼嘛，這麼想要普通的吻嗎？真拿你沒辦法……啊，不過剛起床口腔很髒，終究讓我漱個口好嗎？」

「妳到底想要吻得多麼火熱？我不需要。」

「別逞強啦。我們小時候不是好到整天玩親親嗎？」

「就說我沒有這種記憶了。」

「喂喂喂，太淒涼了吧？和我相吻的過往都忘光了？沒辦法了……我就讓你回想起來吧。」

有希作勢解開胸口的釦子……但是沒釦子，所以改成以手指將T恤領子往下拉，試著爬到床上。妹妹露出「本大爺好帥」的野獸般笑容逼近，政近則是……

「不，妳不准過來。」

「唔噗！」

政近把涼被捲起來按在有希臉上，有希隔著涼被發出聲音摔下床。接著她改為可憐兮兮伸直雙腿，將涼被裹在身上之後以邊角摀住嘴，裝出梨花帶雨的模樣。

「好過分！明明奪走了我的初吻！」

「……即使我退讓一百步承認這是真的，被奪走初吻的百分百是我吧？」

有希洋溢著像是被渣男玩弄過就拋棄的悲愴氣氛，政近給了她一個白眼。不過這對有希完全無效，她就這麼繼續演下去。

「就像這樣把一切怪到我頭上是吧……男人總是這麼為所欲為。」

「妳認識的男人沒有多到可以這麼評論吧？」

「沒錯，我只有你一人……明明只有你一人！」

「煩死了～～」

「可是……原來你並不是只有我一人……」

「不，這是在說什麼？」

政近露出憔悴表情，有希狠狠看向他。突然被投以像是狠瞪的視線，政近也不禁畏縮。

「想裝傻？我知道喔！你有帶別的女人回家！」

「！」

聽到這句話，心裡有數的政近一陣緊張。

（為什麼知道……？不，應該是套話。這傢伙不可能知道。要是露出內心的慌張就完了！）

政近瞬間如此判斷，將慌張克制在內心，裝出傻眼的表情。

「我說啊，這齣短劇還要演多久？」

「想敷衍嗎？」

「不，居然說敷衍……」

「不然這是什麼？」

有希大喊伸出手。她的拇指與食指之間……捏著一根偏白的頭髮，在窗簾縫隙射入的陽光照耀之下閃閃發亮。

政近背部猛然噴出冷汗。

「是那個女人吧……這是我剛才在枕邊發現的！你帶著我以外的女人上床做了什麼事？下流！」

「不對……不對，這是假的吧！畢竟她沒進房間啊！」

「是喔～～所以你承認有踏進家門嗎？」

「啊咦？」

有希突然停止演戲，眼神變得有點冷淡，使得政近大吃一驚。接著有希露出捉弄般的笑容，迅速把手上捏的頭髮伸到政近眼前。

「看清楚吧……這是外祖父大人的頭髮啦！」

「呃！」

「哇哈哈！中招了耶嘿～～！結業典禮欠我的帳就此一筆勾銷吧！」

有希露出誇耀勝利的笑容，政近板起臉努力反駁。

「居然說欠妳的帳……說起來是妳先設局吧？對艾莉使用惡毒的精神攻擊又對我下藥，真虧妳敢說這種話。」

「畢竟這是對決啊？無論對手是誰，我都不會放水哦？而且……」

「而且？」

此時有希忽然露出正經表情正坐在床邊，政近也跟著稍微端正姿勢。

「哥哥大人，其實我最近察覺一件事。」

「什麼事？」

「就是啊……」

有希發出莫名嚴肅的聲音，視線忽然聚焦在遠方某處。

「說不定……我是反派千金。」

「……好喔。總之先聽妳說完吧。」

政近的視線頓時變得冷淡，但還是催促她說下去。

「從客觀的角度思考……我在校內也是被稱為淑女典範的名門千金，而且還有綾乃這個女僕。」

「嗯。」

「反觀艾莉同學是平民出身的外來轉學生。雖然學力頂尖，在校內卻不太受人親近。」

「……算是吧？」

「而且這樣的我與艾莉同學，在名為選戰的舞台交手。」

「……嗯。」

此時，有希揚起單邊眉毛注視政近。

「……」

「……不，就算妳露出『對吧？』的表情，我也不知道該怎麼回答。」

「如果只看立場，我完全是反派千金吧？」

「……哎，我不是不能理解。」

「如果就這麼順利進行下去，明年三月的畢業典禮，哥哥將會揭發我在選戰的不當行徑，宣布和我斷絕兄妹關係，把我趕出學校。」

「啊啊，原來我是笨王子的定位。」

「而且周防家也和我斷絕親子關係，我與綾乃就這麼身無分文被逐出家門。」

「啊，原來這時候妳會帶著綾乃。」

「然後我會被鄰鎮帝王學園的八王子學生會長挖角，成為帝王學園的副會長。」

「妳剛才說什麼學園的什麼學生會長？」

「和八王子學長合作的我，將會把征嶺學園吸收併吞！」

「不對，學生會的權力有這麼大嗎？話說這麼一來，我與艾莉會怎麼樣？」

「咦？會成為敗戰學校的代表被處刑。」

「太無情了吧，笑死。」

「但是！邪惡並沒有滅絕！是的，至今的這一切都是綾乃暗中策劃的！」

「妳……妳說什麼～～！」

「而且接下來！第二章《謀反的君嶋家》揭開序幕！捲入日本全國的巨大陰謀啟

動！」

「出現了，這真是超展開。」

「所以呢，我決定扮演好反派千金的角色，用盡各種手段打贏選戰！」

「哇～～啪啪啪～～」

政近以讀稿般的語氣拍手叫好，握拳朝著天花板振臂的有希，朝他使了一個若有含意的眼神。

「總之呢，玩笑話先放在一旁……多虧我的策略，阿哥才能接受綾乃各方面的照料，所以對阿哥來說也算賺到吧？」

「不准說得話中有話。並沒有做什麼奇怪的事。」

「似乎是這樣沒錯。真是的，那～～麼優質的美少女明明願意刷背或是陪睡卻全部拒絕，你這傢伙真的是男人嗎？」

「為什麼要罵我？我覺得反而可以稱讚我是紳士吧？」

「送到嘴邊的肉都不吃，這是男人的恥辱喔……而且綾乃穿的是比較清涼的夏季女僕服耶？是可以從胸口蝴蝶結把手伸進乳溝的美妙設計耶？」

「……妳做過這種事嗎？」

「做過啊？有夠溫暖又柔軟，超棒的。」

有希正色坦承性騷擾的行為，使得政近眼神變得冷淡，不過有希看起來不在意他的視線，一副「呼～我的天啊」的模樣搖搖頭。

「明明可以解釋是因為發燒所以無法進行正常判斷，有這張頂級的免罪符可以用……明明可以拿出『感冒傳染給別人就會好』的奇妙理論，是以治療的名義進行肌膚之親的大好機會……居然連奶子都不摸一把，你這個傢伙太令我失望了。」

「妳這段發言才令我失望。」

「……我原本是這麼想的，不過呢～～？沒想到居然把艾莉同學帶進家裡～～？施主您真有一套耶～～」

「……我們沒做什麼天大的事情。」

妹妹突然露出笑嘻嘻的表情慢慢接近，政近尷尬移開視線。

「又來了～～年輕男女共處在一個屋簷下，沒有其他家人，在這種狀況不可能沒發生任何事吧？」

「不，真的沒做什麼。只是……」

「只是？」

「只是……在寫暑假作業罷了……」

「啥？」

聽到政近這麼說，有希表情突然變得嚴肅，前傾的上半身回到原位，然後眼睛眨也不眨就歪過腦袋。

「……寫作業？特地找艾莉同學來家裡？」

「……對。」

「在這個暑假？在世間眾多學生歌頌青春的高一暑假？」

「…………對。」

「……看樣子，不只一次？」

「……三次吧。」

「喂，你這傢伙是混蛋嗎～～！」

面對一臉正經破口大罵的有希，政近別過頭去無法反駁。不……老實說，政近自己也覺得很奇怪。結業典禮之後，政近在回家路上和艾莉莎約好在暑假也要見面，真的想見面時卻找不到藉口……就算這麼說，要是一直在找藉口，輕易可以想像將會就這麼錯失見面的機會，但是無法期待艾莉莎主動邀約……政近苦惱到最後想出來的邀約方式就是「要不要一起寫暑假作業？」這句話。

接下來連續三天，兩人在久世家一心一意默默寫作業。沒特別發生像是戀愛喜劇的事件，多虧這樣，暑假作業以驚人速度消化，不過另一方面，不知道是不是政近多心，感覺艾莉莎的態度一天比一天還僵硬。

「難以置信……而且既然沒帶進房間，那麼你們是在客廳用功對吧？」

「……算是吧。」

政近不上不下點頭同意，有希猛然睜大雙眼，一掌拍向床鋪。

「笨蛋傢伙！在家裡開讀書會的事件，基本原則是要在自己房間使用矮桌吧！」

「不，這麼做的前提是爸媽在家……」

「就算不在家也應該帶進房間吧！而且啊，艾莉不經意彎腰小露酥胸的瞬間會讓胸口發熱，手腳跪地時的屁股線條會讓下體發熱吧！」

「不准說什麼讓下體發熱。」

「然後是打翻麥茶害得衣服變成半透明連忙要擦乾，自然進行肢體接觸！接～～下～～來～～就是借用浴室與烘衣機提供男用襯衫！看見出浴的艾莉穿著你的襯衫，心臟就跳得超快，小頭也硬到不行——」

「看招！」

「嘿噗！」

政近將枕頭丟向一大早就想要語出驚人的妹妹。然後他默默走向被枕頭打臉向後仰的有希，用旁邊的涼被捲起來打結，就這麼打包完畢扔到床上。像這樣強制讓妹妹安分之後，一邊打呵欠一邊走出臥室。此時，政近和正在客廳擦桌子的女僕服綾乃四目相對。因為現在是暑假，所以有希與綾乃兩人從昨天就住在久世家。

「早安您好，政近大人。」

「喔喔……早安。」

綾乃端正姿勢鞠躬，政近見狀稍微揚起眉角。

「特地換了衣服嗎？等等就要出門，妳明明穿便服就可以了。」

今天在有希的要求之下要去遊樂園玩。預定上午就要出門，所以政近覺得出門之前穿便服就好，不過綾乃理所當然般這麼回答。

「不，做家事的時候當然要穿正式服裝。」

「……這樣啊。」

站在政近的角度只覺得多此一舉，不過當事人表示梳好頭髮穿上女僕服就會開啟女僕模式，所以政近沒多說什麼點了點頭。老實說，不同於綁上馬尾就會進入妹妹模式的有希，綾乃即使挽起頭髮成為女僕模式，給人的感覺也沒什麼變……大概是只有當事人知道的振作方式吧。政近如此說服自己，總之先去廁所。

如廁之後到盥洗間洗手漱口，洗把臉趕走睡意，回到臥室換衣服。然後……

「呼……」

「妳根本無敵吧？」

有希維持著被包上草蓆……更正，被包上涼被的狀態（假裝）在床上熟睡，政近抬腿賞她一記下壓踢。不過實際上不是用腳踝重擊，只是以大腿輕輕往肚子按下去。有希隨即「唔？」一聲睜開單眼，打了一個大呵欠。

「怎麼啦？早飯時間到了嗎？」

「這是明明被監禁卻非常厚臉皮的莽漢。」

「我說守衛先生啊，有沒有酒？」

「啊，這傢伙是會慢慢提供情報的類型。」

「哎呀呀……該怎麼說呢，以前的事情我忘了。」

「但是不會率直說出口。」

「那傢伙常去的酒館。去調查那裡的二樓吧。或許會出現有趣的東西哦？」

「不過只要生氣作勢離開就會透露線索，到這裡為止都是老套橋段。」

「呵……」

有希對於哥哥的吐槽露出滿意的笑容，張開雙臂掙脫涼被……掙脫…………

「唔！唔～～！」

「……」

哎呀，遲遲無法掙脫。有希就這麼被涼被捆著向後仰，雙腿不斷擺動。政近以冷淡眼神看著這幅光景好一陣子之後，終於露出傻眼表情蹲下來解開涼被的結。接著有希隨即揚起嘴角露出笑容，一邊轉動脖子一邊站起來。

「真是的……終於來了嗎？好啦～～老子也終於該出動了。」

「然後在部下的協助之下逃獄，從幫手角色搖身變成強敵角色是吧……不對，這是哪門子的短劇？」

政近露出疲態說完之後讓有希下床，然後趴在床上。

「喂喂喂，一大早就覺得累？心情也太消沉了吧？」

「我反倒想問妳心情為什麼亢奮成這樣……」

「別讓我說得這麼明啦……阿哥好像作了惡夢，所以我才想安慰一下啊？」

「啊？惡夢？」

有希這句話引得政近翻身仰躺，搜尋記憶，隨即想起自己好像夢到往事。政近反射性地板起臉，有希將手放在自己胸前，朝他使個眼神這麼說。

「實在覺得難受的時候，可以撲進我的懷裡哭哦……？」

妹妹半開玩笑的話語背後確實藏著一份關懷，政近在感謝的同時覺得難為情。有希原本就是關心實際上是獨居狀態的哥哥，才會和綾乃一起找上門。雖然她本人是說「因為我很寂寞！」，但其實是更擔心哥哥會覺得孤單才跑來吧。

（不過，拖綾乃下水想要一起睡，我覺得做得太過火了……）

政近回想起昨晚的互動露出苦笑，並且消遣有希半開玩笑的態度。

「那麼平的胸部，就算要借我也……」

「至少夠你揉吧豬頭！還是說怎樣？不能抓好抓滿的奶子你不承認是奶子嗎？」

面對政近冷淡的視線，有希將自己的胸部集中托高。毫無魅力可言的這個舉動使得政近眼睛愈瞇愈細，糾正她的誤解。

「不，能抓好抓滿的話已經很有料了吧……我不是這個意思，在談論大小之前，妳的身體整體來說比較沒有肉，感覺會碰到肋骨。」

「不然要試試看嗎？沉溺在我的母性吧！喔呀——！」

「唔噗！」

有希還沒喊完就壓到政近身上，抱住政近的頭用力按在胸口。政近臉部包覆著略有彈性的柔軟觸感，另一方面，鼻尖接觸到的是……硬硬的肋骨觸感。

「嘿嘿，怎麼樣啊？有感覺到母性嗎？」

「父性的話有感覺到。妳要多吃一點。」

「我有在吃啦！吃了還是沒長肉啊！」

有希氣沖沖放開政近的頭，猛然起身，然後跨坐在政近的肚子上，將手放在額頭無奈般搖頭。

「呼……原來如此。比車頭燈果然比不過九条姊妹嗎……」

「不准說什麼車頭燈。」

「就算這麼說，要用屁股或腿來對抗也很難……而且說到屁股與腿也有乃乃亞同學這匹黑馬……」

「不，這我可不知道。」

「居然不知道她那迷人的屁股？嘖，所以才說奶子星人真的是……」

「欸，這件事會說很久嗎？如果會說很久，妳可以說完再叫我起來嗎？」

就這麼被妹妹騎在身上的政近不以為意準備睡回籠覺，有希依然將手放在額頭，「呵」一聲露出空虛的笑容。

「別這麼急著下結論啦，my brother……無論是胸部、屁股與腿，都比不上擁有外國血統的那三人。所以呢……」

然後，有希緩緩掀起上衣，展露可愛的肚臍與隱約浮現的肋骨，同時以得意表情述說：

「我決定主推腹部。」

「喔，腹部……」

「呵呵，怎麼樣？看看這又滑又嫩的肚子。忍不住就想用臉頰磨蹭對吧？」

「不，並不想……」

「嘿嘿，別逞強了……新的一扇門好像快要開啟了吧？」

「說來遺憾，別說開啟，戀腹癖的門本身就不存在。」

「既然不存在　那就試著打造吧　戀腹癖之門」

「這是哪門子的俳句？根本是廢句吧？」

「喂，你剛才是不是隨口當成垃圾嫌棄了？」

「真虧妳聽得懂。」

「我懂喔，因為思考模式很像。還有，一旦進入阿宅的思考方向就很好解讀。」

「哎，確實如此。」

實際上，政近也能解讀有希的想法到一定程度，所以理解這種感覺。只不過，有希過於古怪的行動有著無法預測的一面，而且對於政近的阿宅腦，有希的敏銳程度達到超能力者的等級。

「所以，怎麼樣？」

「什麼怎麼樣？」

「戀腹癖快要覺醒了嗎？」

「不，完全沒有。」

「嘖，果然是奶子嗎？奶子比較好嗎？你看～～是南半球哦～～？」

有希掛著笑嘻嘻的表情繼續掀起上衣，上半身左右扭動。面對校內男生絕大多數會雙眼充血看得目不轉睛的這幅光景，政近則是……

「呼……」

「喂，不准裝睡。我可是跳樓大優惠沒穿內衣喔，你這傢伙！」

「……」

「什麼嘛～～人家明明這麼性感～～」

有希鬧彆扭般說完舉起手機，一邊看畫面一邊微調屁股位置，按下快門自拍。拍下的照片——上衣捲到腹部上緣，跨坐在政近下腹部的這張自拍照，有希確認之後嚥了一口口水。

「這……完全進去了。」

「喂，呆子妳說啥？」

「好，傳給艾莉同學吧。我想想，就寫『政近同學今天也是一大早就生龍活虎』這樣。」

「妳是惡魔嗎？」

「啊！不然假裝傳錯人，改用『政近同學，昨天你好猛』這句比較好嗎？」

「好，打包！」

政近迅速起身從有希手中搶走手機，再度用涼被把有希捲起來。花費的時間整整四秒，手法俐落得驚人。

「那麼，刪除刪除。」

「啊啊～～！等等，擅自亂動妹妹的手機太差勁了～～！」

政近無視於有希的抗議，刪除有希剛才拍的照片。

「太粗暴了～～！我堅決抗議～～！」

「好啦好啦，差不多該回到床底了。」

然後，政近輕盈抱起變成蓑衣蟲般扭動大喊的妹妹……以像是讓保育動物回歸大自然的溫柔聲音，慢慢將有希塞進床底。

「啊，慢著好窄——」

「好啦好啦，吵鬧的妹妹就收進床底吧～～」

「等等，真的很窄啦！多了一條涼被所以更，擠，了～～」

「不用客氣……妳喜歡狹窄的地方吧？」

政近不理會有希的聲音，使勁將有希塞進床底。此時，有希突然開始發出一種勾人的聲音。

「哥哥，拜託不要這樣！好痛！這樣很痛啦～～！不要這樣硬塞啦！沒……沒辦法再進去了啦～～！」

「……」

「咦，啊，居然當成沒聽到？真……真的很難受——綾乃救我～～！」

「有希大人，您呼叫在下嗎？」

「不准拿出武器，不准！」

綾乃右手裝備三根前端異常尖銳的金屬色澤自動鉛筆衝進房間，看見室內狀況之後緩緩眨了眨眼睛。身上裹著涼被，右半身塞進床底的有希；蹲在有希身旁的政近。面對相當難以理解的這個狀況，綾乃就這麼面無表情歪過腦袋……數秒之後，腦袋迅速回到原位。

「……啊啊，您出不來了嗎？政近大人，在下來幫忙。」

綾乃說完蹲在政近身旁，開始拉有希出來。

「……我現在很清楚綾乃是怎麼看待我了。」

「這是反映妳平常的所做所為吧？」

被最信賴的隨從誤以為是主動鑽進床底，有希在兩人拉她出來的同時看向遠方。

◇

「……所以，妳這是什麼打扮？」

「這是喬裝打扮喔，兄長大人。」

面對政近的白眼，有希抬高帽簷面不改色如此回答。吃完綾乃做的早餐，三人各自做好外出準備之後再度到客廳集合……不過說到有希現身時的服裝，T恤上印著正在彈貝斯的女高中生動畫角色，褲子是吊帶五分褲，長長的黑髮綁成雙馬尾再戴上貝雷帽，最後還戴著一副大墨鏡……加上她體格嬌小，所以看起來實在不太像高中生，怎麼看都是國中生……搞不好也像是有點早熟的小學生。

不過，她本人看起來不在意這種事，掛著自戀般的笑容伸手扶著貝雷帽的帽簷。

「呵，即使喬裝打扮也藏不住我的口愛……」

「不是可愛，是口愛？」

「是口愛沒錯。」

有希比出勝利手勢抵在下巴，「嗯哼～～」地一臉得意揚起視線看過來，政近暗自心想「屁孩味有夠重」搔了搔腦袋。

「不，說起來……為什麼要喬裝打扮？」

「像是之前遇到艾莉同學那樣，撞見熟人的可能性也不是零吧？我們現在是選戰的競爭對手，所以我喬裝打扮以免產生無謂的臆測。」

「不，這部分沒差吧？反正大家都知道我們是一起長大的好朋友。」

「總之，還是要以防萬一。最好不要胡亂惹出風波。」

「這樣啊……」

政近即使心想「貿然喬裝打扮卻穿幫的時候會變得更麻煩吧？」卻懶得說出口，所以含糊點頭。然後他將視線移向有希身旁……站在那裡的是滿滿地雷味，土裡土氣的少女。不用說，當然是綾乃。俗氣的上衣，俗氣的裙子。直到剛才以女僕模式確實挽起的豐盈黑髮，現在反倒像是要遮住臉蛋般披頭散髮，再以大大的眼鏡更加遮住臉蛋。是典型的「其實是美女的土妹子打扮」。

「……綾乃。」

「是，政近大人。」

「我不會把話說得太難聽，妳去換衣服吧。」

「可是……」

「別再說了。如花似玉的女高中生，不應該刻意打扮成這副模樣上街。」

「……」

聽到政近這段話，綾乃為難般游移視線，觀察有希的反應。政近當然早就知道會變成這樣，所以也催促有希改變主意。

「妳想喬裝打扮是妳的自由，但這樣太過分了吧？不該讓美少女打扮成這樣。」

「不，反倒該說如果綾乃不是美少女，就會是單純的事故吧……」

「給我向全國樸素度日的女性們道歉。」

政近賞有希白眼扔下這句話，轉身看向綾乃。

「美少女……」

「？」

接著，綾乃就這麼面無表情以雙手按著臉頰。不經意覺得她的臉頰好像變紅。不過綾乃一察覺政近疑惑看向她，就靜靜放下雙手端正姿勢。

「沒辦法了。綾乃，妳去換衣服吧。」

「遵命。」

接著，她聽到有希這聲命令之後鞠躬回應，放下包包前往有希的房間。政近目送她的背影數秒之後發出「啊」的聲音。

「剛才她……在害羞嗎？」

「怎麼看都是在害羞吧，小兄弟。」

「不……我沒想到綾乃被我稱讚會害羞。」

「唔……哎，確實。」

以為綾乃會面無表情裝作沒聽到的政近，對於綾乃表現的女孩反應感到困惑，然後戰戰兢兢詢問像是「我理解這種感覺」般點頭的有希。

「我說啊……綾乃對我完全沒有戀愛情感吧？」

「嗯？我聽她本人是這麼說的啊？」

「我想也是……」

綾乃對政近與有希抱持的情感，是隨從對主人的敬愛。她本人是這麼說的，政近也認為如此而接納。而且綾乃之所以全心全力服侍兩人，也是基於「想要以隨從身分服侍主人」的願望，政近心想既然這樣就應該欣然接受。

不過……如果其中包含一絲類似戀愛的某種情感，政近基於立場也必須思考該如何應對。綾乃對待他們倆兄妹的態度基本上是平等的，不曾感覺到性別造成的差別待遇。正因如此，所以政近也認知到綾乃所言屬實……不過看她展現那種態度，內心多少會冒出疑惑。

「兄長大人，您在意嗎？」

「算是吧……畢竟一般來說，幾乎是一家人的她即使被稱讚容貌，應該也不會害羞吧……」

「唔～～……哎，說得也是。」

聽到政近這麼說，有希也摸著下巴深思……忽然露出像是想到什麼般的表情。

「那麼，來確認一下吧。」

「嗯？要怎麼做？」

「這麼做。」

妹妹咧嘴一笑的表情，使得政近有種不好的預感。不過在政近憑著這個預感制止之前，有希就把舉起雙手當成喇叭，朝著自己房間的方向呼叫。

「綾乃～～！這邊有點急事趕快過來～～！好了好了快一點！現在這樣直接出來就好！」

有希呼叫之後立刻響起房門開關的聲音，聽得到快步接近過來的腳步聲。然後，通往客廳的門開啟——

「有希大人，您叫在下嗎？」

「噗呼！」

衝進客廳的綾乃模樣，使得政近不禁睜大雙眼噴了一口氣。

因為綾乃全身上下只穿著淡紫色的內衣褲。而且與其說是內衣褲，形容為貼身衣物更加貼切，比想像的還要時尚又性感。在內衣底下確實形成乳溝的胸部，曲線細到幾乎像是會折斷的柳腰。偏小的臀部，修長的雙腿。雖然不到有希的程度，綾乃整體來說也是嬌柔體型，但是身材非常好。豐盈黑髮披在白皙肌膚的模樣，迷人到即使是政近也不禁倒抽一口氣。

「ＯＫ綾乃，來得正是時候。」

「哪裡正是時候了！話說綾乃！妳也遮一下啊！」

「在下在政近大人與有希大人面前沒什麼好遮的。」

「正常來說都有吧！」

政近半哀號般大喊並且轉過頭去。即使是等同於一家人的關係，嬌柔但確實擁有女性曲線的半裸綾乃，還是令政近終究難掩慌張。這部分和有希的全裸不一樣！

反觀當事人有希則是走向綾乃，朝背後的政近搭話。

「哥哥你看，綾乃在這種地方有痣耶，好性感～～」

「我不知道妳在指哪裡，總之綾乃快去換衣服過來吧。」

「有希大人……」

「唔～～……哎，算了。抱歉突然叫妳過來。沒事了，妳回去換衣服吧。」

「沒關係……那麼，在下告辭。」

響起房門的開關聲，政近終於將臉轉回前方，然後狠狠瞪向有希。

「所以？妳這是什麼意思？」

「嗯？是要確認綾乃有沒有把哥哥當成男人看待。你想想，畢竟有人說過，女生如果沒把對方當成男人看待，就算被看見只穿內衣的樣子也不會害羞。」

「啊啊……」

有希回以這個比預料之中還要中肯的理由，政近忍不住接受了。確實，既然等同於一家人，這方面的羞恥心就比較淡，政近也能理解這一點。

「所以，結果是？」

「嗯？不知道。」

「啊？」

「感覺她好像有點害羞，但是畢竟表情沒變，若問是否達到把你當成異性看待的程度就有點微妙？」

「把我的佩服還給我。」

政近賞了白眼，不過有希回以暗藏玄機的眼神。

「總之？我現在明白哥哥確實把綾乃視為女生了。」

「……」

有希指出這點使得政近語塞。實際上，政近自覺從綾乃只穿內衣的模樣感受到性慾方面的魅力，所以無法說些什麼。有希以帶著笑意的雙眼看向沉默的政近，忽然露出像是安慰的笑容。

「順帶一提，雖然我比世界上任何人都喜歡哥哥，不過始終是自家人的感情，是兄妹之情，所以就算被哥哥看見裸體也完～全不會害羞。對不起哦？我不是那種被哥哥撞見換衣服的模樣就會尖叫丟東西的妹妹。」

「我不知道妳在道歉什麼，不過這部分反而要有最底限的羞恥心吧？在這種場面一點都不會害羞，以青春期的女生來說很奇怪。」

「喂喂喂……你覺得擁有正常羞恥心的ＪＫ（女高中生），會打扮成這～～麼瘋狂的模樣上街嗎？」

「不准說得這麼光明正大！話說，原來妳自己知道這樣很瘋狂嗎？」

「阿哥……老實說哦？都十五歲了，綁雙馬尾挺勉強的。」

「我只能深表認同。」

政近正色回應，有希露出略顯哀愁的笑容注視遠方。

「不過呢？我照鏡子之後發抖了……覺得『真的假的，這樣超適合我耶』。」

「說來難受，我沒辦法否定。」

「明明這麼說，但你沒什麼反應啊？果然必須是普通馬尾才行嗎？」

「為什麼變成這樣？」

「咦？因為哥哥你喜歡馬尾吧？」

「嗯……總之這部分我不否定，不過妹妹啊，妳有點天真。」

「什麼？這是什麼意思？」

政近擺出莫名做作的態度，有希也立刻配合。面對深鎖眉頭展現愁容的妹妹，政近輕聲一笑之後說明。

「當然，馬尾很棒……不過真正的美妙之處，在於平常綁頭髮的人放下頭髮時的反差……」

「是喔～～啊，現在出門應該趕得上二十五分的電車。話說回來，不覺得電車的轉乘導引是在瞧不起人類的走路速度嗎？」

「不准明顯失去興趣！還有，轉乘導引應該是以老年人的走路速度為基準吧？」

「換月臺需要八分鐘的老年人不存在啊……？」

「嗯，這是因為妳拿我們家硬朗過頭的爺爺奶奶當基準。世間普通的老年人，在愛犬脫逃的時候就算追了兩百公尺以上也抓不到哦?」

「說得也是,一般都會騎腳踏車吧。」

「我不是在說這個。啊啊不對,這也是我要說的。」

有點疲憊地思考該如何吐槽的政近視野……看見不知何時換好衣服回來的綾乃,靜靜將頭髮綁成馬尾。

「……」

「啊啊~~綾乃?妳為什麼在綁馬尾?」

「嗯?在遊樂園,頭髮太長可能會被警告有危險,所以在下想說簡單綁起來以防萬一。」

「咦,啊,是喔……」

「?」

「唔哈~~哥哥自我意識過剩~~!好丟臉哦~~!」

「吵死了!」

有希立刻以雙手指向政近的臉嘲諷,政近像是掩飾內心的害羞般大喊。綾乃面無表情歪過腦袋。

結果在這之後也發生各種事,自然沒趕上二十五分發車的電車。

第2話 阿宅這種生物好麻煩

遊樂園內流瀉著遊樂設施播放的輕快BGM，並不時傳來飛車在軌道奔馳的轟然巨響。三人組各自以稍微比平常亢奮的心情在園內閒逛。他們幾乎都沒有來遊樂園玩的經驗，尤其是提案人有希，明顯以興高采烈的表情環視周圍。

「好久沒來遊樂園了耶。上次是國一暑假？」

「應該……吧。最後一次是妳暫時住在爺爺家的時候，爺爺奶奶帶我們去玩。」

「沒錯沒錯，當時亢奮過頭，轟浪飛車的水花整個打在身上，我們兩人都溼成落湯雞了。」

有希頻頻點頭，露出像是在說「哎呀～～當時我們都好年輕」的笑容，不過政近這時候賞她白眼吐槽。

「看來妳照自己的意思在竄改記憶，所以我先把話說在前面，當時開心過頭衝到水花前面的只有妳一個人啊？」

聽到政近的指摘，有希的笑容頓時僵住。不過政近無法坐視這段記憶被竄改。

那時候去的那座遊樂園裡的轟浪飛車，架設了一座橫跨水池的橋，可以從正前方看見飛車激起的水花。橋的中央區域當然以透明圓頂覆蓋，貼心避免水花濺溼觀眾……但是當時的有希不知道在想什麼，在飛車即將下水的時候衝出圓頂觀浪區。

然後，水花噴過來的劇烈程度，使得政近心想「有希可能會被浪花沖走吧？」感覺到危機，衝出去要保護有希……以上才是事件的真相。

「當時託妳的福，我從內褲到襪子都溼透了。」

「……」

「明明才中午，卻因為這樣下去可能會感冒，所以更改行程提前回家──」

「囉哩囉唆的，小心我親你哦？」

「？」

有希像是小混混般皺起眉頭拉下墨鏡，說出奇怪的恐嚇話語。這句話令政近回想起今天早上的痛楚，反射性地按住脖子。

「喂，你為什麼按住脖子？」

「給我把手放在自己的胸前仔細想。」

「把手放在胸前……？啊，我忘了穿胸罩。」

「妳是白痴嗎？」

「開玩笑的啦……你看。」

「別讓我看別讓我看。」

有希彎腰拉下衣領露出內衣，政近厭惡般搖手轉過頭去。接著，有希不悅噘嘴聳肩，像是重整心情般重新戴好墨鏡，看向附近的建築物。

「啊，這個是鬼屋嗎？」

「應該吧？而且好像有噴血。」

外牆沾滿血痕的破舊小屋，醞釀出「這正是鬼屋！」的氣氛……不過有希像是不甚滿意般歪過腦袋。

「總覺得像是陽春的免費恐怖遊戲。」

「陽春的免費恐怖遊戲並不存在。」

「……………真的耶。你這傢伙超聰明的。」

「這種事不必這麼佩服吧？」

有希佩服至極般點頭，政近賞她一個白眼。綾乃是空氣。

有希像是完全失去興趣般從鬼屋移開視線，接著看向反方向的圓頂建築物。

「啊，是電子遊樂場。」

「真的耶。哇，原來園區有附設。」

「電子遊樂場嗎～～我現在才發覺自己沒去過耶～～」

傳來開朗愉快電子合成聲的空間使得有希眼神閃亮，看起來興致勃勃。接著，政近像是思索般撫摸下巴。

「電子遊樂場啊……這麼說來，我也好久沒去了。」

「啊，所以以前很常去？」

「暫住爺爺家的那時候常去……哎，不過那附近的電子遊樂場大多禁止我進入，後來我就沒去了。」

「慢著，你做了什麼？」

看到有希以正經表情仰望，政近像是搜尋記憶般，視線在半空中游移。

「那個……比方說有排行榜的遊戲都被我的名字填滿。」

「這樣店家會懷疑你搞鬼吧？」

「或是運用所有技巧，把娃娃機裡的獎品搜刮一空。」

「你是不是把放獎品的台子都弄塌了？」

「獎品夾光之後，鋪在下面的亮晶晶石頭，我試著挑戰一次可以夾幾顆。」

「不對，別玩這種眾神的遊戲好嗎？」

「玩著玩著，不知為何就被禁止進入了。」

「嗯，合理。」

有希賞白眼告知結論之後，政近聳了聳肩。實際上，當時的他還是小學生卻已經半學壞，所以被禁止進入是合理的處置。

政近在小學引發鬥毆事件，被周防家當成瘟神般趕走，留下氣喘嚴重的有希，他獨自暫住在父方的祖父母家，心情鬱悶又煩躁。當時整天泡在電子遊樂場，在不算愛玩的遊戲大開無雙也是這個原因。這麼說來，政近感覺自己也是在那時候減少使用敬語。當時總之很討厭周防家的母親與外祖父，沒什麼明確理由就做出違反教育方針的行動。

（記得是遇見那個孩子之後……心情才終於穩定下來。）

此時，有希輕拉政近的手，筆直指向前方。

「總之，晚點再見識你的本事……先去坐那個吧！」

她伸手所指的方向，是軌道劇烈蜿蜒扭曲的雲霄飛車。豎立在入口旁邊的看板大大寫著「高低巨幅落差日本第一！」的宣傳字句。

「……突然選這個終究太大膽了吧？這個尖叫設施是這裡最恐怖的一種耶？先挑戰溫和一點的飛車比較好吧……」

「喂喂喂，my brother，你嚇破膽了嗎？」

「不，畢竟我沒有坐過正統的尖叫設施……」

「放心吧，我也沒有。」

「妳這份挑戰精神是從哪裡來的……綾乃妳的意見呢？」

「在下只負責跟隨有希大人。」

「哎，就知道妳會這麼說……」

隨著死心念頭聳肩的政近也下定決心，就這麼被有希拉著前往遊樂設施入口。

「嗯？喂～～身高不到一四〇公分不能坐哦？妳應該沒辦法吧？」

「我沒那麼矮啦！」

「別勉強了……對吧？」

「對你個頭！你看！怎麼看都輕鬆達標吧！」

有希快步跑向人形立牌，站在前方強調自己的身高。仔細一看，她的頭確實比立牌高了一個拳頭左右。不過政近露出溫柔眼神像是安撫般說。

「有希？不要踮腳尖喔。」

「並沒有啦！」

「哈哈哈，穿鞋底太厚的鞋子很危險哦？」

「是普通的球鞋啦！」

「知道了知道了。那就走吧？」

「哎呀？好險，我剛才差點就動手了耶～～？」

政近露出溫柔表情先走，有希掛著僵硬的笑容跟上。帶著孩子走在前面的一對夫妻，以會心一笑的表情看著這樣的兩人，看來似乎以為是年齡差距比較大的兄妹。實際上兩人是同學年的兄妹，年齡相差不到一歲。順帶一提，綾乃明明正常跟在有希身後，這對夫妻卻沒注意到她。存在感真是壓倒性地薄弱。

「好的～～那麼請各位先寄放隨身行李與其他貴重物品～～」

排隊等候一段時間之後，職員大姊姊向眾人搭話，指向置物櫃。附鑰匙的置物櫃上方有看板，搭配插圖列舉禁止帶上飛車的物品。

「對喔，要是搭到一半掉出來就糟了。」

「我看看，手機與錢包……」

「還有妳的帽子與墨鏡。」

「啊，對喔。」

包括手上的包包，口袋裡的東西也都放進置物櫃之後，拔出置物櫃的鑰匙戴在手腕上。

「啊，不好意思，為了讓頭部確實緊貼椅背，可以請小姐解開馬尾嗎？」

「？」

此時職員大姊姊向綾乃這麼說，綾乃肩膀猛然一顫，眼睛瞪大到幾乎要掉下來般目不轉睛凝視大姊姊。

「不對，妳又不是遇見通靈人的幽靈。別做出像是『妳……妳看得見我？』之類的反應。」

被政近傻眼般吐槽的綾乃解開馬尾。

（到頭來，喬裝打扮幾乎都解除了吧……哎，沒差就是了。）

思考這種事繼續等待一陣子之後，終於輪到他們了。

「慢著，偏偏是最前排嗎……」

「哇喔～～打從一開始就是最高潮耶～～」

被帶到最前排的四人座，政近臉頰扭曲。有希雖然也以輕鬆態度試著掩飾，臉部卻有點緊繃。綾乃一如往常面無表情。

「那麼，祝各位一路順風～～」

職員以開朗的聲音送行，飛車啟動了。喀咚喀咚一邊振動一邊慢慢過彎，爬上長長的上坡軌道。

「哇～～天空好漂亮～～」

「哥哥你看你看～～空中鞦韆在那麼下面的地方耶～～」

「……」

兄妹倆一邊慢慢爬上坡道頂端，一邊進行假惺惺的對話。然後，飛車終於抵達頂端……在車頭稍微突出下坡軌道的位置停止。

「慢著，別在這裡停──」

政近還沒說完的這一瞬間，飛車一口氣衝下軌道。

「唔喔喔喔喔喔喔！」

「嗚喔喔喔咦咦咦咦？」

「……」

兄妹倆發出混雜著驚愕與恐懼的叫聲。連他們的叫聲都被強風捲走，轉眼拋到身後。接著，飛車連續攀升俯衝又來個急轉彎。

「喔喔喔喔喔！」

「嗚咪咿咿咿咿？」

「……」

內臟忽然上浮的感覺連續來襲，強風基於劇烈的橫向G力拍打臉部。在這樣的狀況中，兄妹倆的聲音逐漸變成歡呼聲。

「咿咿咿咿咿～～呀呼～～～──！」

「咿耶～～————！」

「……」

兩人穩穩抓著固定雙肩的安全桿，前傾上半身高聲歡呼，已經完全在享受尖叫設施的樂趣。不過快樂的時間並不持久，飛車終於猛然減速，開始慢慢駛回月臺。接著兄妹倆立刻轉頭相視，迅速說起感想。

「哎呀～～我第一次坐尖叫設施，不過比想像的還好玩！」

「對啊！總覺得腎上腺素狂飆！我可能想再坐一次！」

「不錯喔！但是這次可能坐不到前排……」

政近有點亢奮地和左側的有希交談，此時忽然轉頭看向另一側的綾乃。

「綾乃妳覺得……呢……？」

政近這麼問，綾乃卻是面向正前方沒回應。然後她就這麼完全不改表情……睜大的右眼靜靜滑下一行淚。

「偶像哭法？」

「對不起，妳嚇壞了嗎？」

綾乃表情像是圖畫般完全不變並且流下淚水，政近與有希見狀慌了。雖然兩人一起關心綾乃，她卻看著前方動也不動。飛車就這麼回到月臺，安全桿自動升起。

「……」

可是綾乃沒站起來。直到剛才都因為飛車本身的振動所以沒察覺，不過仔細看就發現她微微發抖。看來她害怕到止不住顫抖。

到最後，綾乃由政近半抱著離開飛車，兄妹倆左右攙扶著她走出月臺。

「沒事嗎？」

「……沒事，抱歉造成困擾了。」

「哎呀～～沒想到綾乃這麼不敢坐尖叫設施……對不起哦？害妳勉強自己。」

「不，這只是因為在下軟弱……」

「不對，這跟軟弱不太一樣吧？」

政近對於綾乃正經八百的反應有點傻眼，看得見隨身物品置物櫃之後，政近放開綾乃。然後在三人各自朝著置物櫃伸手的這個時候……

「啊。」

不遠處傳來熟悉的聲音，政近與有希反射性地轉頭看過去。站在該處的……居然是以一如往常提不起勁的半閉雙眼注視這裡，身穿便服（今天的髮型是披肩雙馬尾）的乃乃亞。

「小乃？怎麼了——」

而且她身旁……是同樣身穿便服的沙也加。她看向政近與有希睜大雙眼。有希為了預防這種事態而帶來的喬裝打扮配件，現在收進置物櫃裡。

「咦，周防同學與久世同學……？午安……？」

「喔，嗯。」

「午安……真是巧遇耶？沙也加同學。」

即使因為意外的遭遇而慌張，兄妹倆還是回以問候。沙也加沒提到綾乃，不知道是因為正在注意兩兄妹，還是因為綾乃是空氣。

「那個……」

看起來同樣在慌張的沙也加視線迅速掃向周圍。說來神奇，政近知道沙也加在找什麼東西……不對，知道她在找什麼人。他在知道的同時，伴隨強烈的危機意識輕聲向有希開口。

「（喂！怎麼辦？）」

「（完蛋了。）」

「（現在是這麼說的場合嗎？）」

兩人竊竊私語的這時候，沙也加發現自己找不到要找的銀髮女孩……這一瞬間，她臉上的情感脫落了。低著頭的沙也加眼鏡突然反射光線，雙眼藏在鏡片後方。

沙也加急遽開始披上危險氣息，政近與有希一時之間也動不了。綾乃理所當然般當空氣。

「……原來如此。」

然後，不知道是如何接受什麼事，沙也加輕聲說完這句話之後靜靜抬起頭。在這個時候，沙也加眼鏡後方的雙眼，隱含著冰冷到令人發毛的光輝……非常好懂，這是情緒即將爆發的瞬間。乃乃亞斜眼看著這一幕，嘴巴從手上飲料的吸管移開。

「哎呀呀～～」

然後她像是置身事外般低語。

◇

設置在園內的小規模美食區。並排的白色圓桌之中，其中一張坐著特別引人注目的五人組。首先視線會落在擁有一頭髮尾燙捲的亮麗金髮，容貌深邃不像日本人的乃乃亞。以流行配件搭配的服裝造型有點清涼，白皙的肌膚毫不保留展露在夏季陽光之下。一眼就看得出來，她真的是水準超高的美少女。

而且，同桌的另外三名女生，也各自擁有標緻的容貌……不過總覺得混入一名像是小學生的女孩。然後在這樣的美少女集團之中，有一個普通的男生。這個組合在旁人眼中，頗難想像他們彼此的關係。

「欸欸，小姐們……」

一名看起來像是大學生年紀的男性，朝著這個集團……應該說主要朝著乃乃亞搭話。不過坐在乃乃亞身旁的沙也加釋放某種氣息，他因而把話語吞回肚子裡。沙也加肯定還沒察覺這名男性才對……卻像是完全沒空理會這種小事，以充滿輕蔑與憤怒的眼神瞪著政近。只有這張桌子感覺不到夏季暑氣的異樣空間。明顯是修羅場的這個狀況，使得掛著親切笑容接近的男性表情變得僵硬。

「……請問有什麼事嗎？」

「咦，啊，沒事……」

有希代替完全無視於男性存在的乃乃亞帶著苦笑發問，男性就這麼維持僵硬的笑容游移視線，然後指向明顯是湊巧映入眼簾，綾乃手上的吉拿棒。

「呃……那……那根吉拿棒，我覺得看起來很好吃。」

「……是在那裡賣的。肉桂口味。」

「啊，這樣啊。謝謝。」

話才剛說完，男性就轉身背對眾人快步離開。他跑到應該是朋友的男性四人組那裡，隱約聽得到他「不妙，總覺得很不妙」這句話。

（哎，但我能理解他的心情……）

聽到男性聲音的政近，視線沒從正面右側的沙也加移開，在內心點點頭。

當然，政近也不是一直像這樣單純和沙也加乾瞪眼。他和坐在左邊的有希暗自在桌面下方討論該如何應對。方法是以手機九宮格輸入法在對方手心用手指打字。

『……總之就以這種感覺搪塞，那麼交給妳開口吧。』

『不對，你自己去說。』

『在這種時候，無論男人怎麼說，女人都會情緒化搞得更複雜吧？同為女人的妳來溝通絕對比較順利。』

『嫌犯如此進行這種自私的供述……』

『妳說誰是嫌犯？』

『這可不行喔。你的言行各處透露出對於女性的歧視。』

『喂，別這樣。』

嗯……此外，這也是在相互推托避免第一個開口。因為很恐怖。我們可靠的隨從大人，自從剛才被泡妞男性伸手一指，就一直專心進行讓吉拿棒變短的工作。她的模樣彷彿是將葵花籽塞進頰囊的倉鼠。

（為什麼啊？又沒人會搶……）

至於其中最有可能幫忙安撫沙也加的乃乃亞……

（喂，滑什麼手機啊？）

總之就是這種感覺，兩人都非常我行我素。雖然早就知道，不過在這種狀況也完全不會亂了步調的兩人令政近誠心佩服。

『唉……這次欠的人情可大了喔，小哥。』

『嗯……其實真要說人情，感覺妳欠我的多太多了，不過這次感謝妳。』

在這個時候，大概是覺得這樣下去沒完沒了，有希一度閉上雙眼，像是放棄般瞥向政近，然後解開雙馬尾輕輕搖頭，露出淑女的笑容向沙也加開口。

「沙也加同學……妳好像有所誤會，不過我今天和政近同學一起來玩，是要修補結業典禮那時候的交情。因為雖說是為了選舉，但我在結業典禮無視於友情大打選戰……所以這次出遊是要消除當時的芥蒂，沒有更進一步的意義哦？」

「……」

聽完有希的說明，沙也加眉頭微微上揚，以略減敵意的視線看向有希。不過她看起來完全不想放鬆追究的力道，維持冷酷表情緩緩扶正眼鏡。

「……謊言。」

「嗯？沙也加同學？」

「這是謊言吧。」

沙也加細語般如此斷言，有希表情稍微僵住，並且在一瞬間思考沙也加基於什麼根據如此斷言，做出「不可能有這種根據」的結論，立刻選擇裝傻。

「為什麼？沙也加同學，我沒說任何謊——」

「那麼！為什麼？」

「唔喔！」

沙也加突然大喊，雙手撐在桌面站起來，上半身迅速探向有希。有希對此終究有點不敢領教。沙也加將臉湊向稍微露出本性的有希，然後這麼說。

「……為什麼兩位有一樣的洗髮精味道？」

「！」

「不只是你們兩位……那邊的君嶋同學也有一樣的味道！」

沙也加隨著這個犀利的指摘瞪向綾乃。突然被投以犀利視線，綾乃肩膀一顫，吃吉拿棒的速度加快。就說沒人會搶了。

「還有那件上衣！」

「唔！咦？」

沙也加再度轉向有希，看著有希身上印著動畫角色的T恤，將眼鏡往上推。

「這是三年前在電視播放的《輕冬》限定T恤對吧！而且是人氣最旺的加奈美片尾版本。沒在實體店面鋪貨也沒放上網拍的那件衣服，不是御宅族的周防同學應該不會湊巧買得到。說起來，既然是三年前買的，尺寸肯定不合。但是那件T恤看起來穿了很久，換句話說！」

像是連珠砲般迅速說到這裡，沙也加站直身體，將政近與有希兩人納入視野範圍之後宣布。

「那件T恤原本是久世同學的！因為已經穿不下所以轉讓給有希同學！」

……這是高明的推理。高明到政近與有希一時之間說不出任何話，甚至連「不，我反倒想問妳為什麼知道《輕冬》（正式名稱是《輕音部沒有冬天》）？」這句吐槽都說不出口。

「所以呢？」

像是偵探般展現高明推理的沙也加，迅速坐在椅子之後靜靜開口。

「穿著久世同學的二手衣，散發和久世同學一樣的洗髮精味道。就算這樣還堅稱只是普通的出遊嗎？」

沙也加轉為以沉穩的音調詢問。她的表情完全成為風紀委員。

「說起來，既然說要修補交情，那就更應該也約九条同學吧？排擠九条同學，三人和樂玩在一起……這是怎麼回事？都已經找我與小乃……乃乃亞協助了，結業典禮的那一切都是鬧劇嗎？而且連洗髮精的味道都一樣……這是不純異性交遊嗎？新聞社知道這個醜聞肯定樂不可支。」

對於沙也加的指摘，政近瞬間語塞。以政近的立場，有希與綾乃來家裡過夜不是什麼特別的事……但別人不會這麼看待。原來如此，聽她這麼一說就發現，即使是兒時玩伴，兩個女生在選戰對手的男生家過夜，即使被認為暗中勾結確實也在所難免。站在惡意的角度來看，也可以視為政近誆騙艾莉莎、有希與綾乃三人，恣意操作這場選戰。

（『和美麗轉學生搭檔參選的男學生A，這次和選戰對手的兩名美少女在家裡過夜約會？』是吧……很適合當成八卦雜誌的報導標題。嗯……看來我確實缺乏危機意識。喬裝打扮或許未必是小題大做。）

政近反省自己的過失，重新思索該怎麼突破現在的僵局。

他不認為沙也加會到處向他人宣揚這件事，但是十分有可能回報給身為第一關係人的艾莉莎。這麼一來……事情應該會變成相當麻煩。而且即使暫且不提艾莉莎，要是就這麼扔著沙也加的疑惑不管，也只有百害而無一利。

（好啦……該怎麼做？）

沙也加的這些指摘，政近有辦法逐一編藉口推翻。但他不認為彆腳的解釋能讓現在的沙也加接受。而且在事證如此齊全的狀態，如果政近處於沙也加的立場，應該也會判斷對方的關係非比尋常，為了掩飾這層關係而在狡辯。

（怎麼做……？怎麼做才是最佳解？）

政近就這麼保持撲克臉，大腦高速運作。忽然間，至今完全脫離政近意識範圍的人物——乃乃亞，在一如往常滑著手機的同時向沙也加搭話。

「沙也親～～這種事沒什麼好在意的啦～～」

「……？」

沙也加慢慢將視線轉向乃乃亞。政近與有希也以為她在幫忙說話，稍微將注意力分散過去。在三人的視線下，乃乃亞以若無其事的語氣開口：

「因為，這兩人是兄妹。」

瞬間，政近與有希內部的時間停止了。緊接著在重新啟動的同時猛烈思索。

（（她為什麼知道——不，這不是問題！現在該做的是裝傻！））

兄妹倆同時瞬間如此判斷，立刻付諸行動。

「啥？」

「呃，咦？乃乃亞同學？妳這是在說什麼？」

政近徹底露出疑惑表情，有希掛著半笑不笑的為難笑容歪過腦袋。對於這兩人來說，這是聽到驚爆發言時最自然的反應。不過兩人如此精美的演技……乃乃亞完全沒看在眼裡。

「從這張表情來看，我猜中了？」

乃乃亞注視的對象……不是政近，也不是有希。

（（綾……乃？））

察覺這一點的瞬間，兄妹同時迅速轉身看向綾乃。轉身之後……綾乃將吉拿棒包裝紙摺好並且眨了眨眼睛的樣子，令兩人停止思考。

「啊哈，反應真棒～～果然是這樣。」

僵住的兄妹耳朵傳來乃乃亞含笑的聲音。聽到這個聲音，兩人同時察覺自己的失態。剛才轉身看綾乃的動作明顯是過度反應。

「咦……兄妹？咦，兄妹？」

「因為啊，看眼睛就知道吧？妳看，一模一樣。」

沙也加一副混亂的樣子驚聲說完，乃乃亞一如往常以從容態度回應。政近事到如今還在思考要如何搪塞，乃乃亞像是下達最後通牒般告知。

「抱歉在你拚命想藉口的時候這麼說……不過我本來就認識以前的你啊？周防政近

同學？」

「！」

只是告知事實的這句平淡話語，使得政近睜大雙眼……然後認命了。他嘆出長長的一口氣垂下肩膀，視線瞥向有希。確認有希聳肩回應之後，他重新面向乃乃亞。

「……真的假的？在哪裡？」

「鋼琴發表會。話說啊，你果然忘記我了？別看我現在這樣，當時我還有獻花給你耶？」

「…………真的假的？」

和乃乃亞的這個意外交集，使得政近搔了搔腦袋搜尋記憶。不過他已經將昔日待在周防家的記憶封鎖，因此即使聽她這麼說，一時之間也想不起來。唔～～這麼說來，好像見過一個長得有點像是外國人的金髮女生？應該不是多心？……政近只記得這種程度的事。

「看你好像沒自覺，那我就說吧，在那附近上鋼琴教室的孩子們之間，阿世你是非～～常有名的人耶？」

「咦……為什麼？」

「我說啊……小二就把蕭邦彈得那麼好的孩子，不可能不引人注目吧？」

「……這樣啊。」

即使聽乃乃亞這麼說，政近也沒什麼特別的感慨。畢竟已經很久沒彈鋼琴，而且當時周遭對他的想法，如今也一點都不重要。

「換句話說……妳認識姓周防那時候的我，剛才說我們是兄妹是在試探。」

「總之，也可能是堂兄妹之類的親戚？你想想，我剛才也說過，你們的眼睛一模一樣，所以我覺得或許是這樣。」

「……既然察覺到這種程度，為什麼至今都沒說？」

「因為我沒那麼感興趣。」

對於政近的疑問，乃乃亞再度將視線移回手機，像是不當一回事般回答。

「……原來如此。」

很像是乃乃亞會說的這句話，使得政近不禁苦笑。此時，吃驚睜大雙眼看著這一幕至今的沙也加發出錯愕的聲音。

「咦……咦？真……真的？真的是……兄妹嗎？」

「……啊啊，嗯。」

「……是的。其實是這樣沒錯。」

到此為止了。政近與有希率直點頭。接著，沙也加目不轉睛注視兩人，像是確認般發問。

「姓氏之所以不一樣……是因為你們是被拆散的兄妹？」

「嗯？聽妳這麼說總覺得有點誇張……不過，應該是這麼回事吧？」

「怎麼……這樣……」

政近稍微歪過腦袋點頭之後，沙也加像是受到某種震撼般語塞，以顫抖的手摀住微微張開的嘴……睜大的雙眼居然開始流淚。

「谷……谷山？」

沙也加突然掉淚，政近大吃一驚。

（怎……怎麼了？她以為我們是硬生生被迫分開的悲劇兄妹嗎？甚至不被允許互稱兄妹的殘酷境遇？不，我們的家務事沒有悲慘到會造成這種打擊……）

在狼狽的政近面前，沙也加潸然淚下，像是從喉嚨深處擠出話語……以感慨至極的聲音說：

「太……讚了……！」

「谷山？」

「值得一推……！」

「沙也加同學，難道妳是『懂』的這一邊？」

有希迅速探出上半身，詢問感動落淚的沙也加，眼神完全是看見同胞的眼神。看到有希的這雙眼神，沙也加似乎也明白有希也是擁有相同嗜好的淑女，是和她站在同一邊的人。

「嗯！是的！」

沙也加用力點頭，緊緊握住有希的手。這一瞬間，兩人之間誕生堅定的情誼。沒有道理可循。不過……會被「被拆散的兄妹」這個詞震撼內心的阿宅不可能是壞人！

「……這是怎樣？」

突如其來的超展開，使得政近自暴自棄般低語。但兩人眼中似乎已經只有彼此。開始熱烈談論「被拆散的兄妹」這個設定有多麼美好。

「那個……說真的，這下子怎麼辦？」

兩人形成一股實在不容外人介入的氣氛，政近見狀像是求救般看向乃乃亞。乃乃亞隨即「啊啊～」以視線環視，然後看了政近一眼。

「那麼，要和我一起去玩遊樂設施嗎？」

「不對，為什麼啊……」

政近反射性地回答之後，立刻心想「不，這樣也行吧」改變主意。阿宅一旦聊起來就沒完沒了，他自己也很清楚這一點。與其在這裡等兩人聊完，閒著沒事的人們一起去逛遊樂園應該比較有意義。

「綾乃要怎麼做？」

「啊？」

政近轉向右側一問，綾乃有點慌張般迅速轉身看向政近。

「？」

朝著綾乃剛才的視線方向看去……是吉拿棒的攤子。政近猜到綾乃的想法了。要衝第二根是吧，原來如此。

「沒有啦……妳要在這裡等嗎？」

「那個……說得也是。因為在下是有希大人的隨從。」

「……這樣啊。」

政近暗自心想「原來這傢伙這麼愛吃吉拿棒嗎……不過，平常沒機會吃就是了」並且起身。現在還不到吃午餐的時間，但政近決定暫且不在意這件事。

「那個，那麼我們離開一下……」

「呵呵呵，話說回來，原來沙也加同學私底下稱呼乃乃亞同學『小乃』啊？」

「那……那是……那個……」

「哎呀，不用害羞也沒關係吧？」

「……她們沒在聽耶。嗯，我早就知道了。」

有希與沙也加完全進入兩人世界，政近輕聲嘆氣，看向乃乃亞。

「那麼……我們走吧？」

「收到～～」

輕輕點頭回應政近之後，乃乃亞也將手機放進口袋起身。就這樣不知為何，政近在上午之前都和乃乃亞一起玩各種遊樂設施。真的是基於莫名其妙的演變而組成的奇妙搭檔……卻玩得意外開心，或許是因為乃乃亞的個性吧。

就這樣在各處玩了一小時左右，差不多快到午餐時間了，所以再度回到三人所在的地方……

「官方真的是一直持續否定我主推的配對……他們不懂我的心情嗎？」

「呃，嗯……既然主推的是兒時玩伴的純愛配對，自然會這樣吧……」

「為什麼不管是哪個男生，都會被突然出現的轉學生或是剛認識的同班同學吸引啊！比起這種來路不明的傢伙，還不如選兒時玩伴！選擇一直守護主角至今的兒時玩伴！我想要讓她幸福！」

「啊……啊哈哈……」

位於該處的是以驚人熱量述說兒時玩伴角色多麼美好的沙也加，以及有點不敢領教聆聽說明的有希，還有事不關己般一直吃著吉拿棒（看桌上包裝紙的數量應該是第六根）的綾乃。

這個混沌的狀況使得政近稍微看向遠方，詢問身旁的乃乃亞。

「我說啊，宮前……」

「嗯～～？」

「我與有希，該不會被谷山認定是主推的配對吧？」

「大概吧～～」

「真的假的……」

聽到乃乃亞的回答，政近抬頭看向天空，並且接受了一件事。沙也加在討論會那時候的憤怒……起因在於阿宅內心最大的地雷之一「解釋相左」。

（阿宅這種生物……好麻煩。）

政近在內心自言自語的瞬間，有希猛然抬頭迅速開口：

「哥哥大人，您憑什麼說這種話？」

「不准讀我的心。」

「唔，居……居然稱呼『哥哥大人』……太尊了……」

「……妳這傢伙真的很宅。」

看見沙也加摀住口鼻像是在忍耐著什麼，政近感覺到無比的遺憾……以及些許的共鳴，心情變得難以言喻。

第3話 咦？真的？

冷氣夠強的室內，響起課本翻頁的聲音與筆尖書寫的聲音。今天政近也和艾莉莎一起在客廳寫暑假作業。

在家裡和絕世美少女單獨相處，青春期男生在這種狀況無論如何都會胡思亂想，不過讀書會今天已經是第四次，如今已經完全習慣，可以專心用功……這種事並不存在。

原因在於讀書會進行愈多次，來自艾莉莎的無言壓力就愈強。說到這是哪種壓力……簡單來說是「真的打算只用功就結束嗎？」這種感覺的壓力。

「……」

現在像這樣默默寫字的時候，也從她平靜的表情莫名感受到壓力。不，其實政近從第一天就心想「明明只是用功，總覺得她的服裝也太用心了」。

不過，女性打扮不只是為了給別人看，也是為了讓自己心情變好。就算女性身穿精心挑選的服裝，立刻認為「這是為了給男性看」就是天大的誤會。正因為明白這個道理，所以政近至今都沒吐槽艾莉莎的服裝……不過到了今天，艾莉莎居然還化了淡妝。

多虧這樣，她原本就脫俗的美貌也愈來愈無懈可擊，身披某種懾人的氣魄。這麼一來終究不太能當成沒看見。

（嗯，完全是精心打扮過來的……明明只是要寫暑假作業。）

政近差不多已經看慣艾莉莎的臉蛋，不過看到這麼……是的，這麼全副武裝的艾莉莎，還是忍不住看到著迷。不對，正確來說不是著迷……應該說是「啊啊～～大飽眼福，謝天謝地」的感覺。也就是只要欣賞就覺得幸福。這簡直可以膜拜了。

此時，察覺政近視線的艾莉莎，忽然抬頭稍微歪過腦袋。

「……什麼事？」

「沒事……想說妳今天難得化妝。」

「嗯……總之，只是稍微化一下啊？」

「啊啊，是喔。沒有啦，我覺得妳比以往美麗得多耶？」

「……這樣啊。謝謝。」

聽到政近有點結巴的稱讚，艾莉莎像是聽慣般平靜回答。但她直到剛才身披的緊張氣息多少緩和下來，稍微放鬆的嘴角顯露她芳心暗喜。不過政近害羞般將視線落在手邊筆記本的瞬間，艾莉莎放鬆的嘴唇緊閉成一條線。

她以不滿般的眼神瞪向政近頭頂，指尖把玩著新買的蝴蝶結髮帶，輕聲以俄語呢喃。

【既然這麼想……那就約我啊。】

「……妳說了什麼嗎？」

「沒有啊？我只是說『這麼晚才稱讚所以扣分』。」

「……那真是對不起啊。精心打扮的艾莉同學有點美麗過頭，所以我一時之間說不出話。」

「哪有……沒到精心打扮的程度啦……」

不對，妳怎麼敢說這種話？聽到艾莉莎假惺惺的話語，政近投以冷淡的眼神。以往總是一副「化妝違反校規？不用說，我本來就不需要啊？」的態度堅持不化妝的艾莉莎，雖然不明顯卻還是化了淡妝。這不叫做精心打扮要叫做什麼？

在暗藏這種想法的政近注視下，艾莉莎不由得稍微移開視線回答。

「這是，對……是練習。出社會之後，要是連化妝都化不好，會被瞧不起吧？所以我只是想到的時候會稍微練習一下……」

「喔～～原來如此啊～～」

「……你那是什麼眼神？」

「沒有啊～～？想說這樣很養眼。從每個角度欣賞都很美麗，真的可以永遠欣賞下去耶～～」

政近維持冷淡的眼神像是讀稿般這麼說，艾莉莎眼角微微抽動。然後她一臉像是忽然想到什麼的表情，露出挑釁的笑容開口。

【只有欣賞……就滿足嗎？】

艾莉莎以像是勾引的眼神發出嬌滴滴的聲音。突然說出的誘惑俄語使得政近臉頰抽動。

「……妳說什麼？」

「我說『你真的懂化妝的好壞嗎？』這樣。」

艾莉莎像是瞧不起般這麼說，雙手抱在胸部下方，身體靠在椅背。

【來，你可以摸哦？】

（……摸哪裡？）

政近正色思考。然後他維持正色表情，看向艾莉莎手臂上方微微搖晃主張存在感的雙峰……的前一瞬間，以鋼鐵意志將視線固定在艾莉莎臉上。然後艾莉莎充滿優越感……像是表達「你聽不懂我在說什麼吧，呼呼」的笑容，使得政近有點火大。

（這傢伙……我乾脆回嘴說【那我就不客氣了】，往她的奶子揉下去吧？）

如果這麼做，艾莉莎到時候究竟會露出什麼表情？這個選項令政近很感興趣，如果

能用Save & Load大法就很想嘗試一次……不過這再怎麼推測都是直接進入Dead End的選項，實際動手的話感覺人生會立刻落幕，所以政近僅止於在腦中想像。

艾莉莎對於政近這種紳士般的（？）想法似乎毫不知情，她以右手輕盈將秀髮撥到身後，繼續以挑釁語氣開口。

【這次特別准你對我做任何事哦？】

（耶～～可以揉到爽了～～☆）

以俄語說出的這句准許，使得政近張開雙手撲向艾莉莎的胸部……當然不可能，他只是默默轉過頭看向窗外。

（『明明是難得的大好機會卻沒察覺，真可憐。笨蛋笨蛋！』她現在大概這麼想吧……吵死了，我其實全都察覺而且放妳一馬喔！要感謝我是紳士吧，笨蛋笨蛋！）

艾莉莎稍微臉紅投以笑嘻嘻的表情，政近假裝沒察覺，起碼在內心如此反擊。不是敗犬的遠吠，算是弱雞的虛張聲勢吧。此時，艾莉莎嘆口氣乘勝追擊。

「可惜，時間到了。」

「……什麼時間？」

政近只以視線瞥向艾莉莎，她露出像是「呼～～真是的」這種瞧不起人的笑容。

「你剛才錯過一個絕佳機會。」

「啊？」

「真可憐……你已經把這個月的運氣用光了。」

「不，這是在說什麼？」

「你說呢？多學習一下女人心應該就會懂吧？」

艾莉莎揚起單邊眉毛哼笑這麼說，就像是捉弄木訥小男孩的身經百戰大姊姊。看見艾莉莎充滿優越感高姿態以視線嘲笑，政近終究開始火大了。

（啥～～？叫我多學習一下女人心是怎樣？應該是要學俄語吧！隔著語言的高牆躲在安全圈捉弄男生，囂張個什麼勁啊這個假婊子！小心我真的把妳這個臭婆娘推倒一次，撕下妳那張老神在在又充滿優越感的笑臉！）

政近內心暴怒，小惡魔外型的有希說著「讚喔～～上吧上吧～～！」聲援他，天使外型的瑪利亞說「不行！不可以對艾莉做這種事！」制止他。不枉費（？）這樣的制止，政近強行克制想要為所欲為的衝動，扭曲臉頰開口：

「是……是嗎？話是這麼說，但我覺得妳也不懂男人心……這部分又如何？」

「……男人心？」

「我的意思是說，像這樣大搖大擺進入家人不在，實質上是獨居狀態的男人家，妳該不會缺乏危機意識吧？」

即使內心某處覺得像是在自掘墳墓，政近還是挖苦發笑，艾莉莎隨即眉頭一顫，然後抬高下巴繼續露出挑釁的笑容。

「……是哦？大搖大擺進來之後……會發生什麼事呢？」

你有膽量對我做什麼事嗎？

像這樣明顯在內心嘲笑的這句挑釁，使得政近臉頰愈來愈扭曲。

（呵，呵呵……這傢伙居然完全把我看扁……好吧，我就使出渾身解數，讓妳見識我在少女遊戲原作動畫培養的型男舉止吧！）

被煽動到這種程度，想退也退不了。政近在內心咆哮之後緩緩起身，繞過桌子移動到艾莉莎身旁。

然後，面對就這麼雙手抱胸抬頭看過來的艾莉莎，政近使出必殺的抬下巴動作之後正要說出「來我房間吧」這句話——

（等一下？艾莉莎自尊心那麼強，肯定討厭這麼跩的男主角吧？更溫和一點是不是比較好……）

政近在行動之際改變想法。不過，他的右手已經伸到艾莉莎臉蛋附近，事到如今收不回來。既然不能抬下巴，這隻手該何去何從——

「……」

猶豫到最後，政近忽然改成撩起艾莉莎的頭髮掛在她耳後，嘴角露出笑容開口。

「我在房間等妳。」

然後政近輕聲一笑轉過身去，進入自己房間關上門，接著像是「我做到了」般露出嘲諷的笑容——

（變得像是真的在把妹了啊啊啊————！）

他以雙手掩面，當場跪倒，用力縮起腳趾慢吞吞移動到床上，將臉埋進床單發出不成聲的聲音。

（話說『我在房間等妳』是怎樣啊！這種話應該是在對方暫時離開的時候說吧！真的像是對方去洗澡的時候！突然站起來說『我在房間等妳』，冷靜想想就覺得莫名其妙過頭了吧啊啊啊！）

以現在進行式寫下黑歷史的這種感覺，使得政近使勁捏著涼被扭動身體。咬緊牙關朝全身使力，然後忽然放鬆。

（唔……不過換個角度來看，這麼做也算是好事……只要我再等一分鐘左右，然後像是搞笑般吐槽『為什麼沒來啊！』衝出房間，應該就可以回復為原本的氣氛。）

政近以這種想法安慰自己的時候……一個小心翼翼的敲門聲傳入耳中。

「呃？啊，請進。」

政近猛然從床單抬起頭，慌張坐在床邊佯裝平靜回應。接著房門輕輕開啟，掛著若無其事表情的艾莉莎將視線朝向斜下方進入房間。

（為什麼來了啊！）

對於完全出乎預料的這個演變，政近臉頰僵硬。不過艾莉莎看起來沒察覺，她的左手在胸部下方抱住身體，右手玩弄頭髮，露出像是在說「總之？以邀約的話語來說算是及格？所以我來了，然後呢？」的冷傲表情移開視線。

艾莉莎繼續裝出好女人舉止的這個態度，使得政近內心再度熊熊燃起「既然妳有這個意思，我就奉陪吧」的對抗心態。他全神貫注控制顏面表情肌，靜靜露出笑容，拍了拍自己的身旁溫柔引誘。

「來吧，來我這裡。」

（好想死啊啊啊——————！）

然後政近立刻後悔了。自己「人帥真好，人醜性騷擾」的這種行為，使得他的羞恥心突破極限差點死掉。

「……哼！」

就這麼凍結表情在內心滿地打滾的政近前方，艾莉莎以冷漠態度輕哼一聲——

（為什麼坐下了！妳為什麼坐下了啊！）

她輕輕坐在政近身旁，雙腿慢慢交疊，然後一如往常看向旁邊玩頭髮。

（剛才應該是大喊『好噁』不敢領教的橋段吧！這麼一來我也可以半開玩笑大喊『好過分』回嘴了！可以嗎？我不明說是什麼事可不可以，但是可以嗎？）

在沒有其他人的家裡，進入男生房間並肩坐在床上。可以從這個狀況推論的後續進展，政近只想到一種。

（怎怎怎怎麼辦？要隨便開個玩笑帶過嗎？不，到了這個節骨眼，這麼做絕對會被她認為臨陣畏縮！會被認為是膽小的沒種傢伙！）

沒什麼好認為的，這單純是事實。實際上政近沒有膽量推倒艾莉莎，也沒有將女生帶進房間美味享用的肉食性。不過事到如今承認這種事等同於承認敗北，政近非常不想這麼做。

（如果我在這時候退縮……）

腦海浮現艾莉莎老神在在露出鄙視笑容的模樣。

『哎呀？不是要教我男人心嗎？在緊要關頭龜縮就是你的男人心嗎？是喔，原來如此。』

明知是自己的妄想，想像中的艾莉莎挑釁言辭依然令政近火大。如果真的是戀愛經驗豐富的成熟大姊姊說這種話還能接受，不過……

（別說男友，連朋友都沒幾個的妳沒資格這麼說——！）

以熊熊燃燒的反抗心當成原動力，政近進一步出擊。他稍微起身，重新坐在快要和艾莉莎大腿相觸的距離，然後朝著撇過頭的艾莉莎耳朵，說出隱含笑意的呢喃。

「在緊張嗎？真可愛。」

（誰快來阻止我啊啊啊——！）

自己接連持續更新黑歷史語錄，政近在腦中掩面全力向後仰。前進是地獄，後退也是地獄，真的是人間煉獄的狀態。

（有希！綾乃！事到如今就算爸爸也好！有沒有人可以湊巧在這個時候來我家啊——！這種場面被家人妨礙應該是鐵則吧！）

政近期待阿宅心目中的制式事件可以毀掉這個地獄……然而在現實世界不會這麼湊巧有人妨礙。不對，應該說不會這麼不巧？

總之，結果沒被意外的事態妨礙，政近的話語傳入艾莉莎耳中。至於聽到這句話的艾莉莎……她輕輕轉身瞥過來，就在面前的政近臉龐令她表情瞬間僵硬，然後像是掩飾般露出挑釁的笑。

「緊張？並沒有。反倒是政近同學你在緊張吧？」

艾莉莎抬高下巴如此放話之後，居然躺到床上。

「……來啊，不是要教我男人心嗎？」

稍微縮起身體橫躺，從下方以挑釁態度引誘的艾莉莎臉頰微微泛紅。加上她的肩膀不自然緊繃，明顯看得出是在逞強。

（妳啊，逞強也要適可而止吧——！妳做出這種反應，我除了壓到妳身上就別無選擇吧！別無選擇了吧！）

現狀已經變成一種試膽競速。誰先踩煞車就輸的狀態。

（啊啊真是的！到了這個節骨眼，就算是異世界召喚的召喚陣也好！異世界的大家～～！這裡有一位女勇者喔～～！嗯？在這種狀況是我被捲入成為召喚者嗎？呃，啊啊～～既然這樣無論是來自宇宙的訪問者還是來自異次元的侵略者誰都好，拜託幫忙打破這個僵局啊——！）

不知道是不是政近的這個願望上達天聽，艾莉莎忽然做出發現某種東西的反應，朝著床上的涼被伸出手……然後收起表情。

「……欸，政近同學。」

「嗯？」

艾莉莎說話的音調突然冰冷壓低，政近感到疑惑的同時稍微鬆了口氣。艾莉莎沒注意到這樣的政近，慢慢從床上起身……將捏在右手的物體遞到政近眼前。

「這是什麼？」

她手上是一根長～～長的黑髮。

（啊，那個嗎？）

政近想起昨天曾經拿涼被包裹有希，理解到這是什麼狀況。同時也心想「有希也對我做過同樣的事耶～～哈哈哈」稍微逃避現實。

但他立刻察覺了。這就是自己期待已久，用來摧毀這個人間煉獄的炸彈。再來只要巧妙點火，就可以炸掉這場對心臟不好的試膽競速。察覺這一點的政近……以莫名做作的態度撥起瀏海。

「嗯？啊啊那是……昨天有希來我家玩，我和她在床上玩摔角留下的吧？」

「……是喔，原來如此。」

政近以這種欠甩耳光的渣男舉止想要點燃導火線。此時，艾莉莎嘴角露出令人生畏的笑容，輕輕朝政近衣領伸出手。

（啊，要被揪住衣領了——）

冒出這個預感的下一瞬間，艾莉莎將政近運動衫的衣領用力一拉。然而不是往上拉……是往旁邊拉。然後她以細長白皙的手指撫摸政近露出的脖子。

「啊……」

背脊發毛顫抖的感覺，使得政近忍不住輕聲一叫。他對此感到害羞，反射性地要別過頭去……但是視線無法從艾莉莎那裡移開。看到艾莉莎露出妖豔恐怖的笑容，政近在冒出危機意識的同時感受到強烈的魅力……倒抽一口氣。

今天反常化了妝，比平常更添成熟氣息的艾莉莎美貌，將政近的視線緊抓不放。這就是「散發危險香氣的魔性之女」嗎？明知是步向毀滅卻忍不住靠近，位於眼前的就是這種成熟的魅力。

（天啊，真的是成熟大姊姊……）

覺得終究是假婊子而小看的同學展現意外的一面，政近完全招架不住，甚至無法抵抗只能僵著不動，艾莉莎指尖輕輕撫過他的脖子……

「那麼——」

塗著淺淺口紅的嘴唇，說出隱含昏暗笑容的話語。

「這個咬痕……是什麼？」

「……咦？」

這個問題使得政近回神。回神之後在腦中咀嚼這個問題……背部猛然噴汗。

（啊，啊啊啊——！原來那個還在嗎——！）

昨天早上被有希咬的痛楚在腦中甦醒，小惡魔外型的有希也同時在腦中發出哇哈哈的邪惡笑聲。心情上就像是正要和女友上床時被發現花心對象吻痕的劈腿男。應該說實際上雖不中亦不遠矣。

（慘慘慘慘了，這該怎麼辦？）

預料到會發生遠超過想像的大規模爆炸，政近的生存本能激烈敲響警鐘。按在脖子的艾莉莎手指莫名恐怖。總覺得自然而然冒出「脖子是要害吧……」這個想法。

政近努力試著解釋，卻無法立刻想出咬痕該如何解釋。如果爆料有希是妹妹應該可以將被害壓低到某種程度，但是也不能這麼做。

其實在前幾天，沙也加與乃乃亞發現政近與有希是兄妹關係之後，政近也考慮要不要也向艾莉莎揭露這個事實。艾莉莎和政近與有希兩人的交情都很好，政近覺得最好告知真相。但是這個念頭被制止了。不是別人，正是有希制止的。

『祕密這種東西，對於被告知的那一方來說也會成為負擔哦？』

『……負擔？』

意外的詞令政近感到困惑，有希以嚴肅表情說下去。

『揭露這個祕密之後，哥哥或許會覺得舒坦。可是得知這個祕密的艾莉同學，會在這一瞬間成為被迫保密的一方啊？即使面對身為姊姊的瑪夏學姊，也必須將這個祕密藏在心底吧？說起來，我與哥哥是兄妹的這件事曝光之後，參選的艾莉同學會怎麼想？知道競爭對手是搭檔的妹妹，你敢斷言她的決心不會打折扣嗎？』

『！』

滔滔不絕編織出來的這些問題，使得政近受到震撼。因為他認為妹妹說得沒錯。

『這樣啊……說得也是。祕密會成為負擔嗎……原來如此。』

政近由衷認同般反覆點頭，有希也以正經表情點頭開口：

『某部漫畫就是這麼說的。』

『氣氛都被妳搞砸了！』

經過這段對話之後，得出的結論是繼續保密不讓艾莉莎知道兩人是兄妹。至少保密到會長選舉結束。不過這麼一來，真的不知道該怎麼解釋這個狀況……即使拚命思考，來自危機感的慌張心情也一直害得腦袋空轉。

「啊，啊啊～～那個嗎？那個是～～我們在玩摔角的時候，快輸掉的有希咬了我一口喔～～真是的，犯規真的很不應該對吧～～不應該。」

到最後，從政近口中說出的話語，是連藉口都稱不上的牽強附會。

「是喔……」

洋溢危險氣息的這個聲音，引得政近瞥向艾莉莎觀察反應……艾莉莎嘴角維持令人生畏的笑容，手離開政近之後緊握成拳頭。

「欸……你知道我正在想什麼嗎？」

……看來炸彈清除失敗了。政近在察覺這一點的同時做好心理準備，再度表現出無謂裝模作樣的態度。

「呵……我當然知道……因為我是懂得女人心的紳士。」

政近露出硬派笑容這麼說……然後他躺在床上，露出像是裝可愛少女的表情仰望艾莉莎。

「要對我溫柔一點哦？」

然後，政近升天了。若問艾莉莎是否溫柔……政近沒記憶所以不知道。

「那麼，我們走吧。」

「是的。請讓我學習女人心吧，是的。」

回過神來，政近不知何時停止寫作業，正在和艾莉莎外出。拿出手機確認時間，現在是下午三點二十分……記憶明顯空白了二十分鐘左右。不只如此，自己不知為何以像是運動社團的語氣回應艾莉莎。

「……欸，那是什麼語氣？」

「我自己也不知道。是的。」

是的，完全不知道。只是不知為何，艾莉莎一看過來，政近就自動挺直背脊。記憶空白的那段期間，政近內心明顯被植入……應該說被刻下某種東西。

「聽起來很不舒服，改回原本的語氣吧。」

「是的……啊，好的。」

看到艾莉莎的冰冷視線，政近拍打自己臉頰一次，回復為平常的態度。像這樣重新檢視這個狀況就發現……艾莉莎似乎以「學習女人心」這個名目邀他約會。

「……」

冷靜之後就發現有各種吐槽點，不過既然已經出門就沒辦法了。政近決定乖乖遵照公主的要求，恭敬低下頭。

「所以呢？請問屬下應該怎麼做？」

政近做出像是管家般裝模作樣的舉止，艾莉莎稍微露出煩躁表情，冷淡回答：

「先擔任護花使者吧？」

「……是。」

政近就這麼遵照命令稍微抬起手肘站在艾莉莎身旁，艾莉莎以不習慣的動作將手伸入政近手肘內側，然後……明顯皺起眉頭。

「……慢著，都叫我這麼做了，別露出『這樣感覺不太對……』的表情好嗎？」

「我……我沒露出那種表情啦！」

「……這樣啊。總之無論如何，這樣基本上很熱，所以省省吧。」

實際上，彼此靠近的體溫增添了夏季的暑氣，所以政近迅速舉起手臂解除護送模式。

（哎，反正艾莉不是乖乖接受男生護送的類型。）

政近暗自這麼想，斜眼看向略顯不滿的艾莉莎。

「那麼……要去哪裡？」

「這應該由你來想吧？」

「咦？不對……依照進展應該是妳想去某個地方，然後我陪妳去吧？」

「不是喔。我說過這是用來學習女人心的約……的外出吧？」

「……換句話說，要我努力猜出妳想去的地方？」

「總之，就是這麼回事。」

艾莉莎輕盈撥髮提出這個無理要求，然後稍微挺胸露出得意表情開始說明。

「聽好嘍？沒猜到正確答案也沒關係。拚命努力討好對方、取悅對方。這份心意會讓女生感到窩心。」

「原來如此。妳說的是不是少女漫畫的知識？」

「怎……怎麼可能……」

政近間不容髮吐槽「這是從少女漫畫現學現賣吧？」的下一瞬間，艾莉莎明顯游移視線愈說愈小聲，使得政近露出冷淡眼神。但他沒有繼續追究，走向電梯。

「那麼，我們走吧……隨便晃晃。」

「等一下……『隨便』是怎樣？」

「這只是措辭上的誤會。放心，我已經想好了。」

「是……是嗎？那就好……」

如此斷言的政近看起來不是在開玩笑，艾莉莎不再計較，不過政近的想法是……

（總之，先到車站附近閒逛，如果有艾莉好像想去的店就進去看看……最後帶她找一間甜點餐廳光顧，應該就差不到哪裡去吧。）

這個想法很單純，說難聽一點就是隨便。不過……踏出腳步沒走多久，政近就早早冒出不祥的預感。因為……

（她在看我……一整個在看我……）

當事人艾莉莎無視於周圍到驚人的程度。雖然兩人一邊閒聊一邊走向車站，艾莉莎的視線卻只在前方與政近的方向往來，完全沒看周圍的店。

（艾莉小妹會好好看著對方的臉說話，真是了不起的孩子！）

側邊明顯感受到艾莉莎的視線，政近冒出這個想法逃避現實。

【……要不要覆寫算了？】

此時傳來的這句俄語呢喃，使得政近內心感到納悶。他真的聽不懂這句話，忍不住看向艾莉莎。

「妳說什麼？」

「沒什麼……只是覺得『看起來有點痛』。」

艾莉莎稍微結巴回應，瞥向政近衣領露出的脖子。政近因而終於察覺艾莉莎頻頻看向這邊的原因。

（啊，啊啊！原來不是看我的臉，是看脖子上的咬痕！慘了，我自我感覺也太良好了！）

一直以為艾莉莎在看臉的政近，對於自己的誤解感到非常不好意思。

（嗚啊啊啊～～什麼嘛，原來如此…………嗯？那麼【覆寫】是……？）

政近不經意考察這個詞的意思……瞬間基於另一個意義被強烈的羞恥心襲擊。視線忍不住從艾莉莎的臉往上移，毫無意義瞪向遠方的櫥窗。

（天啊——！說真的，這是基於什麼情感說出口的？是那個嗎？是流行過一段時期，在橡皮擦寫暗戀對象名字的迷信嗎？聽說如果沒被發現就能修成正果……不過真要說的話，主要是在享受可能被發現的緊張感吧？畢竟有人會寫不喜歡的對象名字，也有人故意拆下外殼給別人看……呃。）

「唔喔！」

政近不敢直視艾莉莎的臉蛋，不得已只好看向服裝店的櫥窗時……認識的人物突然映入眼簾，政近吃驚向後仰。

「怎麼了——咦，宮前同學？」

沿著政近視線轉頭看去的艾莉莎，也同樣發出吃驚的聲音。排列數具假人模特兒的櫥窗後方壁面，居然貼著乃乃亞和外國模特兒合拍的海報。朝著大馬路大方擺姿勢的同學身影，使得兩人不禁停下腳步。

「唔，喔喔……好厲害。和雜誌的讀者模特兒是另一個次元……」

「這麼說來，她有在擔任父母旗下品牌的模特兒……」

「啊啊……不過像這樣看著照片就有真實感了。感覺好像藝人。」

身穿時尚服裝，以神祕表情拋媚眼的乃乃亞，比起其他專業模特兒也毫不遜色。反倒是不知道隱情的話會很正常地誤認為專業模特兒，她的表現就是如此落落大方。

佩服般欣賞乃乃亞看得入迷的政近，臉頰忽然被用力捏住。

「……怎麼了？」

「政近同學？知道你為什麼被捏嗎？」

轉頭一看，艾莉莎露出責備般的表情。聽到這個問題，政近回想起這是「用來學習女人心的約會」。他暗自心想「糟糕」，按著剛才被捏的臉頰回答。

「……因為在約會的時候，被別的女生吸引目光。」

「答對了。如果這是真正的約會就會大扣分哦？不過這不是約會，我也沒那麼在意就是了。」

說到這裡，艾莉莎迅速轉身先走了。政近追上去和她並肩前進，摸著剛才被艾莉莎捏的臉頰。

（明明嘴裡說不在意，卻覺得她捏得很用力……是我多心嗎？）

在這段期間，臉頰感受到的視線好像比剛才還要嚴厲……不知道這是否也是政近多心。

【為什麼不看我？】

（啊，看來不是我多心。）

【明明說過可以永遠欣賞下去……】

（她在生氣……她超生氣的……！）

艾莉莎一邊玩弄頭髮，一邊以俄語嘀咕說出不滿，政近內心冒出冷汗。用不著問為什麼不看，政近沒膽量在這種狀況直視艾莉莎的臉。美女生氣的表情很恐怖。

「那個，雖然總覺得像是在狡辯……不過我剛才說『被吸引目光』，並不是看到著迷的意思啊？只是覺得有點佩服……」

「還好啊？我不在意啊？被美女吸引目光是在所難免的。這就是所謂的男，人，心，對吧？」

「說得也是，畢竟我也會忍不住就以目光追著妳跑。」

「你……你在說什麼啊……」

政近正經八百回應艾莉莎挖苦般的話語，艾莉莎隨即嬌羞般移開視線。一如往常好騙的她令政近也忍不住發笑。

【不過……我也會。】

（唔嗯！）

然後，一如往常的嬌羞俄語令政近忍不住吐血。在鬆懈的瞬間捅一刀過來真的很奸詐。

（原來如此……艾莉也會忍不住以目光追著帥哥跑啊……比方說光瑠嗎？）

政近在腦中擦拭吐出來的血，為了自我防衛而逃避現實。艾莉莎不時以若有含意的視線瞥過來，但是政近不在意。說不在意就是不在意。

「哎，不提這個……我不可能會被宮前吸引目光。就算有也是基於戒心。」

「戒心？」

「啊啊沒事……」

不小心洩漏不必明說的真心話，政近結巴搪塞。政近對乃乃亞抱持的戒心很難向他人說明，即使說明恐怕也無法獲得共鳴。

對於認識乃乃亞的許多人來說，她應該是一反外表相當溫和……應該說經常一副懶洋洋模樣的人畜無害辣妹吧。政近也同意這個評價，而且正因為同樣是嫌麻煩的個性，所以乃乃亞基本上會迴避麻煩事，政近相信她不會貿然興風作浪。不過……政近另一方面也知道，除了部分的例外，只有「麻煩」這個要素會束縛乃乃亞的行動。

不是因為法律禁止所以不去做，也不是因為違反道德所以不去做，只是因為「麻煩」。如果在乃乃亞心目中的「必要性」超過「麻煩度」，她就會無視於法律與道德採取行動。正因為政近憑著經驗與直覺理解這一點，所以無論如何都不得不對乃乃亞懷抱恐懼與戒心。

不過，政近不打算將這種隱情告訴艾莉莎。他不願意像是這樣暗中說人壞話，也認為不該植入先入為主的負面觀念。正因如此，所以政近連忙出言搪塞。

「啊啊～～那個，只要被那傢伙搭話，她的跟班就會狠狠瞪我。雖然不是那傢伙的錯……不過光是聽她簡單打聲招呼就被瞪，所以我一看見那傢伙就會不禁反射性地提高警覺。」

「啊啊，原來是這樣……」

「嗯。還有，單純就是那頭金髮很搶眼。忍不住就會多看一眼。」

「是喔，比我的頭髮還搶眼？」

「啊，不，我當然也認為妳的銀髮很漂亮……」

「我開玩笑的。」

艾莉莎說完輕聲一笑，捏起自己的頭髮繼續說：

「而且啊，我以前也是金髮哦？」

「啊？以前……？……慢著，啊啊！難道是那樣嗎？聽說外國小孩頭髮與眼睛的顏色會隨著成長改變？唔哇，原來真的有這種事！」

政近眼神激動地閃閃發亮，艾莉莎有點招架不住般眨了眨眼。

「呃，嗯……不過像我這樣髮色變淡的好像很罕見。」

「是喔～～！……這樣啊，金髮的艾莉嗎……」

「……怎麼了？有興趣？」

「哎，老實說我想看。」

「是，是嗎……既然這樣，改天給你看照片吧。」

「喔喔，真的嗎？我會期待的。」

艾莉莎現在也美如精靈，不過童年想必真的像是天使般可愛吧。想像這幅光景的政近放鬆臉頰。

（有希以前也很像天使，不過現在……）

腦中的小惡魔有希發出「咯～咯咯」的邪惡笑聲，政近感受到時間的殘酷而看向遠方。昔日純真無瑕的妹妹到底去了哪裡？不對，就算真的出現也只會撕開舊傷疤就是了。

「那個……」

「嗯？」

「……政近同學你呢？」

「？」

「政近同學……以前是什麼樣的孩子？」

艾莉莎突然小心翼翼問了超乎預料的問題，政近也知道自己表情變得僵硬。

「……怎麼突然問這個？」

政近一時之間無法貼心回應，以和表情同樣僵硬的聲音反問。接著，艾莉莎似乎也察覺政近態度不自然，輕輕「啊……」一聲之後，繼續小心翼翼說下去：

「那個，我不是不知道你的生日嗎？仔細想想，不熟悉自己的選戰搭檔應該是一大問題……」

「啊啊……原來是這麼回事。」

看見艾莉莎畏縮的模樣，政近反省自己搞壞約會時的氣氛，然後刻意以開朗的聲音回應。

「嗯……總之，比現在的我正經得多哦？不會在上課時打瞌睡，上學也不會忘記帶東西。」

「是嗎？」

「是啊，因為當時不是阿宅……呵，國中時代覺醒的阿宅嗜好，使得原本正經的我因而瘋狂……」

「啊，是喔……」

政近半開玩笑的說法令艾莉莎視線稍微冷卻，展現出思索片刻的模樣。

「那麼……你愛吃什麼東西？」

問題突然變得稀鬆平常，政近在內心苦笑……同時感受到艾莉莎的貼心，率直感謝。

「嗯……我想妳應該知道，我愛吃辣的料理。除此之外……總之就是大家最喜歡的拉麵與咖哩之類的？」

「辣的料理……」

「妳不太敢吃嗎？」

「對……沒這回事。上次不就和你一起吃辣拉麵了嗎？」

「啊，嗯。」

不過政近就是依照當時的樣子問她是不是不敢吃。看來艾莉莎依然以為政近沒發現她吃超辣拉麵的那時候差點死掉。

（不，既然她堅稱不是不敢吃，我就刻意不追問吧……）

政近內心納悶艾莉莎為什麼賭氣時，艾莉莎繼續發問：

「那麼反過來說，你不愛吃什麼東西？」

「沒特別不愛吃的。畢竟我以前就被吩咐不准挑食……」

「這樣啊……」

「啊，但是我不敢吃爺爺做的羅宋湯。有一種土味。」

「土味……？」

「我想，應該是甜菜調理得不是很好……但也正因如此，妳上次為我做的羅宋湯算是一大革命喔。超好吃的。」

「是……是嗎？你不用這麼客氣。」

聽到政近率直稱讚，艾莉莎害羞般移開視線，然後一邊以手指捲頭髮，一邊冷淡抬高下巴開口：

「哎，既然這樣？要我再做給你吃也可以啊？像是在下次讀書會的時候。」

「咦，不……這終究不好意思啦。要花四個小時做吧？」

「你當然也要幫忙。你會下廚吧？」

「啊啊……原來如此。」

「那就說定了。在下次的讀書會……我想想，你就從採買開始幫忙吧。」

「啊～～嗯，總之我知道了。」

政近帶著苦笑點頭之後，艾莉莎愉快般哼聲一笑，隨即露出像是忽然察覺某件事的表情，轉而稍微低下頭。

【好……好像夫妻，對吧？】

（……是啊。）

艾莉莎心神不寧不時瞥過來還玩弄頭髮。這已經是慣例的反應，所以政近看向遠方假裝沒事。不提不問也不吐槽。

（夫妻……是吧？）

不過原來如此。重新思考就發現，一起買東西之後一起下廚，然後兩人一起到餐桌吃飯，即使不到夫妻的程度也很像同居情侶。而且一想像這幅光景……內心自然覺得「還不錯」，政近對於這樣的自己感到驚訝。

（總之，和艾莉在一起……我不排斥。）

雖然個性正經，自尊心強，動不動就出言抱怨，莫名就想展現比人強的一面……但是政近不覺得厭煩。像這樣正經的一面，稍微愛面子的一面，政近都率直覺得可愛……甚至覺得惹人疼愛。

（啊啊……總覺得輕飄飄的。）

內心靜靜開心起來的這種感覺，使得政近回神時已經掛著笑容，而且就這麼任憑內心所湧現柔和又溫暖的這份心情驅使，輕輕握住艾莉莎的手。

「！……怎麼了？」

手突然被握住，艾莉莎的手受驚一顫，停下腳步，睜大雙眼繃緊表情。政近掛著溫和的笑容轉頭看她。

「不知不覺好想牽妳的手。不行嗎？」

「咦，啊……」

政近直接這麼說，使得艾莉莎視線劇烈游移……經過數秒之後回復為平靜表情，冷淡抬高下巴開口：

「總……總之？反正女生也不討厭這種稍微強硬的做法？不過這當然只是一般來說的狀況哦？……也對，這次就破例准你牽手吧。畢竟是我提議出門的？」

總覺得艾莉莎用了一堆藉口准許牽手，政近輕聲一笑。

「那可就謝天謝地了。既然這樣，我們走吧？」

「唔，嗯……也對？」

隨口帶過話題，溫柔拉著手前進之後……艾莉莎明顯變得溫順。直到剛才那份高傲的態度飛到九霄雲外。她交互瞥向相繫的手與政近的臉，乖乖跟著政近走，然後稍微別過頭去，以俄語呢喃。

【什麼嘛，真是的……】

輕聲說完之後，艾莉莎稍微用力回握政近的手。政近內心因而樂不可支……並沒有，是靜靜苦笑。總覺得現在心情非常平穩，對於艾莉莎的嬌羞反應也能平靜接受。政近就像這樣掛著無比溫柔又平穩的笑容，艾莉莎則是目不轉睛看著他的側臉。

兩人就這麼手牽著手，漫步在車站附近兩側林立著分租店鋪的商業區。彼此之間沒有對話，只感受著相繫的手傳來的對方體溫……不過，就這麼經過約五分鐘之後，逐漸習慣牽手的艾莉莎慢慢環視周圍，稍微皺眉開口。

「……欸。」

「嗯？」

「難道說，從剛才就一直漫無目的在閒逛？」

突如其來的犀利指摘，使得政近心臟用力一跳，背部滑下一道汗水。艾莉莎說中了。說得一針見血。進一步來說，政近甚至不清楚自己現在走在哪裡。

政近原本覺得，只要走在店鋪林立的地方，艾莉莎大概會說「啊，那間店……」感到興趣，所以才會隨便亂晃。不只如此，現在還基於「就這樣純粹只是閒逛也不錯吧」這種有點天真的想法輕盈漫步……所以不知不覺來到從來沒來過的地方了。

（說真的，這裡是哪裡……？可惡，因為就這麼一直以飄飄然的心情亂晃，所以完全認不得路！）

回過神來就發現完全是迷路的狀態。不過要是老實這麼說，艾莉莎以現在進行式變壞的心情明顯將會急轉直下墜落谷底。畢竟一開始約會的時候，政近說著「放心，已經想好了」踏出腳步，所以他實在不敢坦承自己其實毫無計畫。

正因如此……所以內心狂冒冷汗的政近決定放手一搏當成苦肉計。他故做平靜，反倒露出「可惜居然被妳懷疑」的表情回答。

「當然不可能這樣吧？我們確實要去某個目的地喔。」

「……真的？」

「是啊，在那裡轉彎之後……」

政近情急之下指向就在眼前的轉角，但他當然不知道那裡有什麼。

但是這不成問題。因為他沒斷言「目的地就在那裡」。如果轉彎之後是「階梯」或是「導覽板」，也可以說「咦？會不會是下一個轉角？」這樣。轉彎之後要怎麼事後修正都沒問題。

政近的這種奸詐想法……在實際轉彎的瞬間被摧毀了。

這條路轉彎之後居然立刻是死路，走到盡頭只有一間店。而且這間店……居然是內衣專賣店。

（完蛋了。）

自身的好運氣（？）使得政近表情抽搐佇立在原地。他身邊轟然捲起強烈的暴風雪，相繫的手被緊握，真的像是「休想逃走」般用力緊握。

「欸。」

「有。」

「這裡就是你要去的店？」

彷彿從永凍土底層響起的恐怖聲音，令政近理解到這是最後一個問題。對於這個問題的回答，將會決定自己今後的命運……領悟到這一點的政近，以真摯的表情重新面向艾莉莎，筆直注視她的雙眼開口。

「我覺得，最近妳的尺寸可能開始不合——」

說完最後這句話，政近今天第二次升天。雖然同樣沒有記憶……但總之可以肯定沒被溫柔對待。

【……為什麼會知道？】

Иногда Аля внезапно кокетничает по-русски

第4話 不，應該不會這樣吧

「好熱……」

政近肩揹一個大波士頓包，走在耀眼燒灼的太陽下。明明才上午八點多，八月的太陽卻活力充沛到殘酷的程度。

走路的時候還好，但是在行人穿越道停下腳步的時間點就會猛然噴汗，這對於政近來說非常不舒服。

「哎，不過熱成這樣，到海邊下水的時候應該更舒服吧。」

沒這麼想就撐不下去。是的，今天是學生會長統也企劃的學生會集訓出發日。

八點半在最靠近學校的車站集合，在那裡搭電車再轉搭公車前往劍崎家名下的別墅。政近真要說的話是室內派，所以很期待這次久違的海水浴而有點興奮。然而……看得見會合場所的時候，政近自然停下腳步。

「好熱……」

不是因為氣溫。不，以「氣氛」的意義來說或許沒錯。

原因只有一個。統也與茅咲已經來到會合場所……但兩人周圍的氣氛即使遠觀也覺得火熱。明顯對於這次和戀人一起旅行感到又喜又羞。因為他們面對面相互凝視還握著手，而且是雙手。啊，十指開始交握了。

「好難接近……」

就這麼等到其他成員前來吧……政近這麼想的時候，和忽然轉過頭來的茅咲四目相對……不會吧，她察覺到視線嗎？在這個距離？

「……只能過去了吧。」

政近認命之後，輕輕舉起手走向兩人。這時候，一輛熟悉的高級進口車從後方超越政近，停在車站前面的轉運站。然後，從後座下車的雙人組，拉著放在後車廂的行李箱，先和統也與茅咲會合。不用說，是有希與綾乃兩人。

（來得正是時候，有希。這樣我就不用在他們兩人之間忍受不自在的感覺了。）

政近在內心握拳叫好，和四人會合。

「各位早安～～」

「喔，早安，久世。」

「早安～～」

「早安，政近同學。」

身。

「早安您好，政近大人。」

各自相互打招呼，稍微討論今天的行程之後，最後的兩人在會合時間的十分鐘前現身。

「久等了～～」

「抱歉讓各位久等了。」

姊姊掛著軟綿綿的笑容揮手走過來，妹妹正經八百鞠躬走過來。氣氛完全成為對比的九条姊妹前來加入之後，成員都到齊了。

（不對，看看這平均顏值！）

看著集合之後的便服女性陣容，政近在內心吐槽。

（大家真的都時尚到不行！）

政近早就知道艾莉莎、有希與綾乃的便服很時尚，但茅咲與瑪利亞也毫不遜色。像這樣站在這裡的時候，也感覺得到非常受到周圍注目。豎起耳朵就會聽到各處傳來「咦，要拍什麼片嗎？」「藝人？」「哪裡的偶像團體嗎？」等聲音。

（只是平凡的學生會幹部……不，但是這樣看就覺得真的很像藝人私下外拍。）

如此亮麗的女性陣容當前，身上衣褲不算名牌貨的政近總覺得不自在。此時艾莉莎看向政近，以聽起來有點大的聲音打招呼。

「政近同學也早安。」

「……喔，早安。」

在其他學生會成員都在周圍的這個狀況，應該是刻意叫政近的名字打招呼。對此……或許該說不意外，有希上鉤了。

「哎呀？艾莉同學……妳稱呼政近同學的方式換了嗎？」

「是的。」

有希以文雅笑容隱藏笑嘻嘻的俗氣表情這麼問，但是艾莉莎不慌不忙回答。

「仔細想想，明明一起參選正副會長，只有其中一邊以名字稱呼，會有種冷冰冰的感覺吧？而且明明是用名字稱呼選戰對手有希同學，卻用姓氏稱呼自己的搭檔政近同學也很奇怪。所以我不久之前決定也用名字稱呼政近同學。」

艾莉莎滔滔不絕口若懸河編織話語。肯定是預料到會被追問而預先準備答案吧。

「這樣啊。」

艾莉莎嘴角露出稍微得意的笑容，隱約洋溢著順利解釋成功的感覺，有希也意外乾脆地接受她的說法，然後以有點嚴肅的表情說下去：

「確實……成為選戰對手之後，我還繼續和政近同學走得這麼近，或許我的神經也太大條了……」

「咦？沒……沒有啦，妳不用在意這種事啊？畢……畢竟兩位是兒時玩伴，感情好是很自然的事。」

「可是，想到艾莉同學的心情，我確實做了神經大條的事……」

「我真的不在意！」

有希超乎預料做出深感歉意的反應，艾莉莎連忙安撫。政近看著這幅光景，莫名有種不祥的預感。

「……真的不在意嗎？」

「是的，那……那個，我完全沒有意思要妨礙兩人的友誼……」

「這樣啊！太好了！」

有希開心說完，表情頓時變得開朗，掛著笑容牽起艾莉莎的手。

「雖然我們在學校是競爭下屆學生會長寶座的對手……不過在集訓期間，我們就忘記這種事一起享受吧！是的，也就是停戰協定。」

「啊，嗯……也對，就這麼做吧。」

艾莉莎即使略顯為難還是點頭同意，使得有希加深笑容……但是政近清楚感覺到這張淑女笑容背後是「妳自己這麼說了喔！」的邪惡笑容，而且也心想「挑起戰端的明明都是妳吧」。不過現在潑冷水也不太好，所以政近刻意沒多說什麼。

「好，那麼差不多該出發了。」

此時統也高聲這麼說，朝車站踏出腳步。接著，有希以愉快的模樣轉過身來……

「那麼政近同學！我們走吧！」

有希快步跑向政近，想抓住他的手……不過政近早就料到會來這一招，迅速舉手躲開。但是有希不以為意，以半擒抱般的氣勢硬是要抱住他的手臂——

「那麼有希，我們走吧～」

「咦，瑪夏學姊？」

此時瑪利亞從另一側悄悄接近過來，伸手抓住有希的手臂。

「咦，怎……麼了？」

「因為，艾莉都不肯和我挽手啊～～」

聽到有希這麼問，瑪利亞鼓起臉頰回答。不，就算這麼說，為什麼要來挽住有希的手？不只政近，有希也這麼想，但是瑪利亞將有希嬌細手臂緊緊抱過去的瞬間，有希直接將這個疑問吞回肚子裡。

政近沒看漏，有希的眼神瞬間變成大叔的眼神，直盯著碰觸自己手臂的瑪利亞胸部。政近還順便清楚聽到有希「唔喔，好讚」的內心聲音。

「呵呵，好期待集訓～～♪有希問妳喔，妳覺得章魚墨汁好吃嗎？」

「那個……？章……章魚的墨汁嗎？瑪夏學姊，妳吃過？」

「沒有啊～～？」

「唔，嗯？」

然後，有希就這麼像是被瑪利亞拉走般走向車站。目送兩人的背影數秒之後，政近向還在原地的艾莉莎與綾乃搭話。

「……我們走吧。」

「是。」

「也對。」

就這樣，三人隨後跟上。在他們內心來回的想法只有一個——「瑪夏好強」。

◇

就這麼轉搭電車約兩小時。搭乘某條在地民營電鐵的政近，對於車廂內的光景略感驚訝。

「喔喔，真棒。總覺得像是古早的電車。座位也是對向式的？我不知道這個名稱對不對，不過每張座位是相對的。」

「嗯，記得在都市裡，只有部分的特快電車看得到這種座位。」
「哇，你們看你們看！門不是自動門，是按鍵式的！」
「哎呀，真的耶……電車行駛的途中按下這個會怎麼樣呢～～？」
「門應該不會開，不過瑪夏，千萬別按喔。」
「啊，我要拍照。綾乃，妳站在艾莉同學旁邊。」
「在下站這裡可以嗎？」
在冷清得恰到好處的舊型電車上，眾人身感興趣般環視車內。有希拿著學生會公關用的數位相機，自願擔任紀念照片的攝影師，大家各自在她面前擺姿勢。不過統也察覺一位似乎是在地人的老奶奶會心一笑般看向這裡，輕聲清了清喉嚨。
「嗯……既然照片拍完一輪，現在就刻意讓平常不會聚在一起的成員相處，分成四人與三人共兩組坐下吧。也當成幹部之間的交流。」
「喔，不錯耶！那麼……要把一年級組的搭檔拆開嗎？」
在學生會長與副會長的提案之下，這四十分鐘的車程分成上半場與下半場進行交流。兩組人隔著走道分別就座。
「所以，請多指教～～」
「請多多指教。」

「不對，這是在相親嗎？」

上半場二十分鐘，坐在政近旁邊的是有希，對面座位坐著統也與茅咲。

（既然說要讓平常不會聚在一起的成員相處，會長與副會長也要拆開吧？……不過這種吐槽應該不能說出口吧。）

坐在正前方的茅咲環繞著「我和統也是一起的」這種不容分說的氣息，使得政近將這句吐槽吞回肚子裡。終究是總務，無法違抗副會長大人擁有的拳力……更正，是權力。

「……那個，請問您的興趣是？」

「不對，這樣不就真的變成相親了？」

有希不發一語，所以政近不經意主動先開口……不過統也帶著苦笑如此吐槽，政近開玩笑般縮起脖子。

「說得也是……那麼，兩位是怎麼開始交往的？」

「當成結婚記者會嗎？」

「咦，咦咦～～？要問這個？」

「嗯嗯？茅咲，妳居然意外地想要回答？」

茅咲雙手按著臉頰露出靦腆笑容，統也半笑不笑揚起單邊眉毛。不過茅咲似乎不在乎男友這個反應，像是搜尋記憶般游移視線。

「這個嘛～我對統也感興趣是因為……唔～這得從小時候開始說起了。」

「不錯喔，我想聽更科學姊聊往事。」

政近深感興趣般稍微前傾，茅咲隨即像是暗喜般放鬆嘴角。然後她看向車窗外，以懷念的語氣開始述說：

「我想想……記得那是我還非常懦弱，連蟲子都不敢殺的小女生時代……」

「哎呀，我幻聽嗎？」

過於出乎預料的開場白，使得政近忍不住正色以失禮的話語吐槽，但是茅咲毫不在意繼續說：

「雖然自己這麼說有點怪，不過當時的我是非常內向又嬌憐的美少女……算是小動物的類型？」

「原來如此，即使是猛獸，在嬰幼兒時期好歹也是小動物。」

「整天提心吊膽，是聲音與膽子都很小的女生……想當然耳，在學校總是被調皮想引人注意的男生們欺負，上街就會被怪怪大叔搭話跟蹤還差點被誘拐……甚至有一段時間不敢相信男性又罹患對人恐懼症，變得拒絕上學。」

「……咦？真的嗎？」

內容嚴肅到終究不方便出言消遣，政近也收起搞笑的態度。接著政近將視線朝向統也，統也隨即以正經表情聳肩。看來不是當場隨便編出來的謊言。

「不過，媽媽總是保護我，沒有嚴重到造成決定性的心理創傷……不過足夠讓我成為家裡蹲了。」

「……」

「後來在某一天……你知道嗎？叫做《火焰之劍》的那部動畫。」

「咦？啊啊，我知道。聽說是名作動畫，所以我用電腦看過。」

《火焰之劍》是數年前播放的原創動畫。女主角被稱為「神子」，是掌握世界命運的存在，卻在小時候就被敵國抓走，主角少年為了救她而展開冒險之旅。主角在旅途中和同伴邂逅，和敵人戰鬥，終於逐漸得知隱藏在女主角身上的祕密以及世界的真相……劇情大概是這種感覺，是一部王道奇幻動畫。

「那部動畫，當時我是追首播……真的非常震撼對吧？你想想，在邊境堡壘戰鬥之後，不是有一段最終魔王的皇帝和女主角的對話嗎？」

「是王位大廳的那個場面嗎？」

「沒錯沒錯。」

「啊啊，那是著名場面對吧？」

女主角其實不是單純等待主角拯救的無力少女，是擁有明確意志與正義感的堅強女性。第一次令觀眾留下這層印象的就是這個場面。皇帝想以力量統治世界，女主角正面頂撞，不顧自身危險說出自己的理想。身為最終魔王的皇帝即使嗤笑「這是弱者的幼稚理想」，卻也重新修正內心對女主角的評價……那個場面也讓政近忍不住大喊「女主角好帥——！」開心不已。

原來如此，茅咲是看見那名女主角而改變的嗎……政近點頭的時候，面前的茅咲也像是回想起當時的往事般，感觸良多點了點頭。

「看過那部動畫會覺得……啊啊，原來如此。到頭來還是需要力量。」

「嗯？」

「因為沒有力量才會被男生瞧不起，被男生抓走。如果要溝通，首先必須擁有足以讓對方閉嘴的暴力……我理解了這個道理。」

「唔哇，女主角居然變成負面教材了嗎？原來學姊是受到最終魔王的影響？」

「在那之後，我一刀剪掉一直留長的頭髮，為了不被男生瞧不起而努力鍛鍊身心……在親戚經營的古武術道場接受整整一年的磨練，結果……」

「結果被魔改造得亂七八糟了。」

身旁的妹妹露出「最終魔王……這真棒，我懂」的表情頻頻點頭，政近在賞她白眼的同時正直說出感想。這句誇張的評價引得茅咲露出苦笑。
「不對，說法要改一下，要說我很正常地成長了……總之多虧這樣，所以我身上的霸氣強到足以消滅嬌弱美少女的氣場。」
「這種《全能人類魔改造王》真的是悲劇……不對，應該說喜劇？」
「因為有這段過往……所以看到統也努力想改變自己的模樣，我總覺得自己不能置身事外。」
「喔喔，突然切換到開始交往的話題了。進展得這麼突然，我的情緒跟不上。」
茅咲突然害羞般頻頻瞥向統也，政近有點傻眼般扭曲臉頰，有希也露出為難般的笑容。不過這對情侶不把學弟妹的反應當成一回事，開始熱情凝視彼此。
「話是這麼說，不過幾乎第一次見面就忽然被表白，害我嚇了一跳。」
「喂喂喂，這就別說了。」
「別這樣啦……畢竟確實是因為那樣，我才實際感受到你的變化啊？」
「嗯……總之，我也自覺相當操之過急。」
「我想也是。而且當時你超結巴的耶？」
「啊啊～～真是的！拜託這就別說了啦！」
茅咲笑嘻嘻出言調侃，統也難為情般瞪回去。但是完全沒有針鋒相對的感覺……反倒是甜蜜蜜的氣氛，使得政近與有希一起看向遠方。

「（我坐不住了……）」

「（怎麼辦？我們也來放閃嗎？不然撲抱在一起吧，撲抱。）」

「（免了免了。）」

兩兄妹就這麼看著前方輕聲對話，但是面前的情侶似乎沒察覺。在這樣的狀況下經過二十分鐘，然後換組。政近身旁從有希換成綾乃，正前方坐著瑪利亞。

「請多指教哦～～？」

「請各位多多指教。」

「……大家好。」

瑪利亞一如往常掛著軟綿綿的笑容，這邊的綾乃也一如往常就這麼面無表情早早化為空氣。

（不對，要對話啦。）

平常大多擔任聽眾的瑪利亞，以及幾乎都會化為空氣的綾乃。政近在內心吐槽這個難以成立對話的組合。而且現在好歹是以交流為名目，綾乃卻已經想要化為空氣，政近朝她投以稍微責備的眼神。

「綾乃，至少在這種時候主動說些話題如何？」

「啊！說得也是，恕在下失禮了。」

大概是覺得政近的指摘很中肯，綾乃肩膀一顫，低頭致意。她抬頭之後，視線稍微游移，就這麼面無表情開口：

「瑪利亞大人，請問您喜歡什麼樣的女僕服？」

「第一球就大暴投。」

「這個嘛～～真要說的話，我比較喜歡古典類型吧～～？長裙的女僕服很可愛對吧～～」

「居然打擊出去了……？」

「這樣啊。」

「嗯。不過，非常短的迷你裙，我覺得在某方面也很可愛啊～～？畢竟我也愛聽動畫歌。」

「哎呀？以為打擊出去的球飛往意料之外的方向了？」

「是這樣嗎？在下也多少研究過動畫歌。」

「然後理所當然般接住這一球。這是異次元的對話……！」

「研究？綾乃，妳想當動畫歌手嗎？」

「不，並不是特別想當。」

「是嗎？」

「是的。」

「……」

「…………」

「……不對，接到球要傳回去吧？」

「啊！說……說得也是。那個……」

綾乃以過於單純的回答結束對話，政近賞她白眼如此吐槽。綾乃隨即肩膀一顫，視線開始匆忙掃向車內。

「呵呵，不必這麼慌張也沒關係哦～～？」

「不，那個……呃……」

看到綾乃很明顯正在尋找話題，瑪利亞掛著軟綿綿的笑容安撫。但是學姊的這份貼心使得綾乃惶恐般縮起肩膀，反覆眨眼擠出話題。

「那個，您喜歡電車嗎？」

「完全是看見什麼就說什麼。」

「唔～～我平常不會搭電車耶～～」

「而且學姊間不容髮打擊出去。是聖母嗎？」

「綾乃妳呢？」

「在下沒特別喜歡……」

「就說要把球傳回去了……唉。」

完全無法繼續聊下去的這句回答，使得政近懷著傻眼與慰勞之意輕拍撫摸綾乃的頭，然後決定代替這個不擅長炒熱對話氣氛的兒時玩伴接續現在的對話。

「那個，既然平常不搭電車，意思是會騎腳踏車或是搭公車嗎？」

「不，我喜歡走路。不過我想想～～出遠門的時候會騎腳踏車吧？」

「哇，總覺得有點意外。我不太能想像瑪夏小姐騎腳踏車飛奔的模樣。」

「哎呀是嗎～～？我的腿很強健耶？電車三站的路程用走的沒問題，騎腳踏車的話可以騎更遠喔～～」

「這真厲害。不過既然是這種距離，我覺得正常搭電車比較快……妳不喜歡搭電車嗎？」

「不，並不是這麼回事……但我喜歡看街景。光是稍微走一段平常沒走的路，就會看見另一種新的樣貌吧？」

「啊啊……」

聽到瑪利亞這麼說，想到某件事的政近點頭回應。以前為了和艾莉莎進行生日約會

（？）上街到處尋找合適的餐廳時，他發現即使是自己的生活圈，也出乎意料有很多地方沒去過而感到驚訝。

政近感到認同的這時候，瑪利亞稍微下垂眉角說下去。

「而且……電車不是很危險嗎？」

「嗯？危險？」

「你想想，偶爾有人會因為抓著吊環就傷到手腕。」

「唔唔？因為吊環嗎？」

沒聽過的這個話題引得政近看向綾乃，但綾乃也像是沒印象般搖頭回應。仔細想想，說起來綾乃平常都是坐車，所以基於和瑪利亞不同的理由鮮少搭電車。

「吊環傷到手腕……？是因為電車搖晃的時候突然被拉扯嗎……？」

「是嗎？我不曾這樣受傷，茅咲好像也沒有……難道只有男生會這樣嗎？」

「嗯？更科學姊？……嗯？只有男生？」

瑪利亞這段話裡的某些片段，使得政近覺得不對勁……不經意浮現腦海的想像令他臉頰扭曲。

「那個，瑪夏小姐。這種現象……是和更科學姊在一起的時候發生的嗎？」

「咦？嗯，是啊～～和茅咲出遠門的時候，發生過三四次左右？」

「……難道是在客滿的電車上？」
「唔～～是這樣嗎？不過車上還算擁擠喔～～至少吊環都被抓滿了。」
「……那些受傷的人，是不是站在瑪夏小姐旁邊或是後面的男人？」
「咦咦！你怎麼知道？」
「……沒為什麼。」
相對於睜大雙眼的瑪利亞，政近眯細雙眼。換句話說，受傷的男性恐怕是……重新思考就覺得瑪利亞很容易被這種人鎖定。艾莉莎則是戒心很強，在好壞兩方面都過於顯眼，所以感覺反而不會被鎖定，像是上次一起搭電車的時候，同一節車廂的乘客幾乎所有人都在偷看艾莉莎，在眾人環視的那種狀況，應該沒有男性敢犯罪吧。
但是反觀瑪利亞，外表在色調上不像艾莉莎那麼顯眼，而且身披的氣息感覺也容易吸引好色之徒。
（被吸引過來的結果……就是手腕被扭。）
政近猜到大致的真相，以充滿戰慄的視線看向走道另一側的茅咲，並且繼續問。
「當時更科學姊做出什麼樣的反應？」
「咦？啊啊……關於這個～～茅咲真的很了不起耶？她總是率先陪在受傷的男性身旁，還帶他去站長室。我原本也想幫忙，不過在急救這方面是外行人，所以只能交給茅咲處理了。」

「……原來如此。」

「嗯？欸，這是怎麼回事？久世學弟，你知道了什麼事？」

「啊，沒有啦，只是……嗯，說得也是。我覺得妳今後搭乘擁擠電車的時候，最好都和更科學姊一起搭。」

「啊，茅咲也對我這麼說過喔。但是用不著這麼說，我本來就很少獨自搭電車就是了……」

此時，政近忽然在意一件事，向瑪利亞發問順便轉移話題。

「這麼說來，瑪夏小姐的男友會怎麼做？像是一起外出的時候……」

「咦？啊啊……我現在是遠距離戀愛，所以沒機會一起外出喔～～」

「啊～～記得對方是俄羅斯人？不過我是聽說的。」

「唔唔～～？」

「咦？不是嗎？」

「（……啊，名字……對喔。）」

「嗯？咦，怎麼了？」

「不，沒事。不提這個，你們兩人怎麼樣？」

「咦？」

「你們兩人……沒有喜歡的人嗎？」

瑪利亞十指在胸前交握，稍微前傾愉快發問。雖然兩人被問到女生最喜歡的戀愛話題，卻同時歪過腦袋。

「不，我……是活在二次元的男人，所以三次元不太……」

政近半開玩笑說到這裡，將這段話照單全收的綾乃詫異般眨了眨眼。

「是嗎？在下記得您在小學時期有一位進展到開始交往的對象……」

「不！那是……是小時候的事了。何況當時的我不是御宅族。」

不願回想的往事被綾乃毫無惡意重提，政近稍微板起臉。然後他假裝沒察覺瑪利亞深感興趣般看過來的視線，將話鋒轉向綾乃。

「綾乃妳呢？沒有喜歡的人嗎？」

「在下……如兩位所知，是以有希大人為第一順位，所以這種事都拒絕了。」

「……咦，等一下。妳說拒絕……所以妳曾經被別人表白嗎？」

「是的，曾經發生過兩次。」

「……真的假的？」

出乎意料拋出的驚人情報，使得政近由衷覺得中了冷箭。曾經有男生向這個兒時玩伴表白，這個情報莫名擾動政近的心。

「您在意嗎？」

「唔，總之，算是吧？」

「既然政近大人在意，在下可以告知這兩人的名字……」

「這妳就別說了。帶進棺材吧。」

綾乃毫不在乎要做出這種殘忍的事，政近阻止之後搔了搔腦袋。

「不，總之我確實在意……不過我只是覺得，我從小就認識的妳，如今在感情這方面也開始有機會了……算是一種感慨。但我沒立場這麼說就是了。」

「可是在下沒特別想要這種機會……」

「啊啊，嗯……這種話一個不小心就會變成在炫耀異性緣，妳要小心哦？」

政近說完輕輕嘆口氣，重新面向瑪利亞聳肩。

「總之就是這樣，所以我們沒什麼花邊新聞。」

「……是喔～～那麼，你們兩人都不想談戀愛嗎～～？」

「我不太想……」

「在下也不想。」

「這樣啊……好可惜。」

瑪利亞說完之後，稍微前傾的身體向後躺回座位，政近內心鬆了口氣……但是現在安心還太早。

「那麼，關於久世學弟以前的女友，麻煩詳細說來聽聽吧～～？」

「咦，不對等一下，請饒了我吧……」

政近縮起脖子，求救般看向綾乃。綾乃確實看向政近回應，點頭之後開口。

「說實話，在下也有興趣。」

「妳說什麼？」

兒時玩伴居然背叛，政近尖聲大喊。

結果，接下來的整整十分鐘，緊咬戀愛話題的兩個女生不斷追問，對於政近來說簡直是地獄。

第5話 那不是相撲

「好棒……」

看見眼前遼闊的沙灘與大海，政近忍不住這麼說。

從距離學校最近的車站搭電車約三小時，出站的時候買好午餐與各種用品，在公車上搖晃三十分鐘，再從公車站牌徒步十分鐘左右抵達的劍崎家別墅，是外牆漆成耀眼白色的兩層樓度假屋。別說七人，感覺十人或二十人都住得下的寬敞時尚別墅令人吃驚，不過更驚人的是私人海灘。

將一樓客廳的窗戶……應該說落地玻璃窗拉開，穿越露臺就可以直接前往海灘，不過這座私人海灘超乎預料。原因是這樣的，首先除了別墅面對沙灘的這一側，各處都被樹木覆蓋阻礙視線，而且寬約八十公尺的沙灘兩側是岩地……應該說是懸崖，外人無法進入。換句話說，寬約八十公尺、長十五公尺的這座沙灘，是以樹林與斷崖和外界隔絕的狀態。老實說，政近原本猜想即使是私人海灘，也會和一般遊客使用的海灘相連，所以面前洋溢祕境氣氛的海灘只令他倍感驚愕。

「真的是包場吧……不對，這種說法怪怪的。」

「哈哈，總之我理解你的感受。」

站在政近身旁的統也眺望沙灘點點頭。現在是換好泳裝的兩人先一步來到沙灘等待女生們的狀態。順帶一提，別墅有兩間雙人房與一間三人房，討論的結果是分成兩個男生住一間、兩個二年級女生住一間、三個一年級女生住一間。艾莉莎和選戰對手有希與綾乃兩人同房，政近對此有點擔心，但是希望和有希與綾乃這對搭檔同房的不是別人，正是當事人艾莉莎（應該說她拒絕和瑪利亞同房），所以房間是這樣分配。

「話說回來……像這樣看就覺得，會長的肌肉真是不得了。」

政近看向穿著海灘褲的統也，佩服般這麼說。雖然從以前就覺得他體型厚實，但脫掉衣服就發現他身體強壯得超乎想像。胸膛厚實，手臂與腿也很粗壯。身高輕鬆超過一八〇公分，加上平常戴的眼鏡換成拋棄式隱形眼鏡，所以像是職業摔角手般充滿魄力。

學弟懷著讚賞的視線，使得統也靦腆一笑。

「不過，我只是看起來這樣，其實沒那麼像是肌肉猛男。我天生骨骼就比較粗，以前還被稱為矮胖子。」

「骨骼比較粗……原來如此？」

就像是身材很好的矮人族吧。政近以阿宅的思考方式說服自己。總覺得這種解釋不免有點失禮，不過統也似乎沒察覺，以佩服的眼神看著政近。

「說這種話的你自己，看來也鍛鍊得很結實吧？腹肌挺不錯的。」

「這樣啊，謝謝……不過，我只是每天練二十分鐘左右的重訓，而且腹肌想練的話很快就練得起來。」

學長如此稱讚，不過政近回應的時候沒什麼勁。實際上，加入相當需要體力的學生會之後，政近自覺肌力與體力都變差，所以在一個月前重新進行荒廢已久的重訓。政近知道自己的肌肉是臨時練出來的，所以即使被稱讚也不知道該如何反應。

「……喔，對了。先去設置海灘傘或是海灘床之類的比較好吧？」

「咦，有海灘床嗎？話說露臺就可以遮陽，需要海灘傘嗎？」

「總之，這種東西是心情上的問題吧？等我一下，我去找。」

「啊，好的。」

話剛說完，統也就走上露臺回到別墅內部。可以的話政近也想幫忙，但他不太敢在別人家裡找東西，所以即使覺得有點無所適從，依然決定在原地等統也。不過等待時間連一分鐘都不到，客廳落地窗就再度打開。

現身的是身穿粉紅格紋比基尼的有希。她看見在沙灘等待的政近，確認周圍沒有其他人之後，立刻踩響海灘鞋跑向政近。

「葛格大人葛格大人葛格大人～～」

「喔，怎麼啦？妳的語氣比平常更秀斗了。」

妹妹輕聲連續喊著奇妙的稱呼跑過來，政近露出苦笑。接著，有希在政近面前停下腳步，像是剛才看見非常恐怖的東西般，以顫抖的聲音開口。

「怪物……有怪物……」

「啊？怪物？」

「太猛了啦～～那樣的話純日本人根本贏不了啦～～」

政近從有希後續的話語猜到端倪時，傳說中的怪物從客廳落地窗現身。

在夏日陽光下耀眼無比的雪白肌膚，隨風飄揚的銀髮。蕾絲滾邊水藍色比基尼包裹的豐滿胸部，角度像是犀利切入般的藝術級小蠻腰。雖然腰部穿著片裙，但是這塊薄薄的布料幾乎藏不住誘人的臀部曲線。並且從片裙的開衩處露出一雙修長得驚人的逆天長腿。

「澎，啾，澎～～」

「妳這種形容方式過氣了。」

「那……那就是真實的沙漏體型……？」

「這次有點過於創新，我跟不上。不，其實我知道妳想說什麼。」

「實際上那種身體曲線太不妙了吧……尤其是腰部到臀部的曲線，到底要怎麼吃又怎麼鍛鍊才能變成那樣？」

「……看起來實在不像是和妳同年。」

「是她來自異次元喔。十五歲就擁有能讓頂尖偶像含淚的那種超棒身材，這種人要是隨處可見還得了？」

「不不不，妳也不輸她啊？妳的肋骨挺不錯的。」

政近低頭看著身旁戰慄發抖的有希消遣，有希隨即輕輕露出自嘲般的笑容。

「你會這麼想對吧？不過啊，別看艾莉同學那樣，她的肋骨也有隱約浮現耶？胸部明明那麼大，真是了不起。感覺她的脂肪真的是只累積在該累積的部位。」

「……不，我要正經回應一下，其實我不覺得肋骨有什麼魅力。」

兄妹倆像這樣交談的時候，視線朝向這裡的艾莉莎正要從露臺踏出腳步……的時候，像是被某人叫住般轉過身去。接著，在艾莉莎的視線前方，瑪利亞與茅咲從通往露臺的落地窗現身了。

「超大……！」

「喂，閉嘴。」

看向瑪利亞的有希肆無忌憚如此反應，政近賞她一個白眼如此吐槽，然後政近重新將視線朝向兩名學姊，在內心補充「不過我能理解妳的心情」這句話。

實際上，身穿白色花邊比基尼的瑪利亞，身材在某方面來說比妹妹還要火辣。和掛著軟綿綿笑容的純真娃娃臉相反，體型窈窕到凶惡的程度。肢體曼妙無比，即使放在青年漫畫雜誌的封面也一點都不突兀。

「轟隆，咻，轟隆。」

「不對，這是什麼音效？」

「G……不對，難道是H……？」

「別猜了別猜了。」

「不對，不可以急著下定論。不只是以相對的基準，還要以絕對的基準做評價。沒錯……乍看之下，即使加入其他部位的平衡度，瑪夏學姊看起來也比較大，不過因為身高差距，所以如果用『質量』這個絕對基準來評價，艾莉同學也相當——」

「好痛！」

「妳這笨蛋還不閉嘴嗎？」

有希以正經八百的表情進行蠢到不行的分析，政近一巴掌拍向她的後腦杓。但是有希看起來沒受到教訓，立刻再度以不檢點的眼神看向九条姊妹。

「唔唔，不過看到姊妹倆像這樣走在一起，就覺得瑪夏學姊肚子有點肉……」

「應該夠瘦了吧？只是艾莉腹部緊實得太誇張罷了。」

「嘿嘿，不過體形像這樣有點瑕疵也很色吧？」

「這可不是女高中生會有的感想。」

有希以下流眼神說出完全是色色大叔的感想，然後看向茅咲。

「這邊是……啪嘰，劈嘰，波嘰。」

「最後是不是斷掉了？應該說，妳剛才是以上臂、腹部、大腿的順序觀察吧？」

政近一邊吐槽，一邊看向瑪利亞旁邊穿著高領式泳裝的茅咲，並且繃緊表情。

真的是和瑪利亞不同形式的驚人身材。遠遠看過去就知道，那已經不是運動健將的次元。腹部的六塊肌比政近還要漂亮，整體來說不是女性特有的柔軟，反倒是令人感覺到剛強氣息，如同猛獸的肉體。

「……女戰士與僧侶？」

「……哎，我能理解妳想說的意思。」

兄妹倆腦海浮現奇幻世界的經典勇者隊伍，相視點頭。此時，抱著海灘傘與海灘床的統也出現在他們的視線前方。

「啊，主坦來了。」

「……雖然應該不用猜，不過妳把艾莉當成勇者嗎？」

「那當然吧？畢竟會長怎麼看都不像是那種開後宮的勇者。」

「道歉。給我向學長道歉。」

繼續聊著阿宅話題的兩人視線前方，四人不知道在說些什麼。不過……

「好厲害。明明那兩人就在旁邊，那個人眼裡真的只有更科學姊耶。」

只要是男人都會忍不住被奪走目光，性感到恐怖的美少女姊妹就在兩側，統也的視線卻依然完美固定在茅咲一人身上。完全是「眼裡只有妳」狀態的統也，使得政近更加尊敬，有希也佩服般低語：

「戀愛是盲目的……不對，單純因為是貧乳派嗎？」

「不准說得這麼失禮。」

政近輕輕以手刀劈向有希腦袋之後，忽然環視周圍尋找最後一人……發現綾乃無聲無息站在自己的另一側，政近嚇得肩膀一顫。

「……綾乃，原來妳在啊。」

「是的。」

不知道究竟是從什麼時候就在那裡。綾乃將長長的黑髮綁成丸子頭，一如往常面無表情抬頭注視，政近在略感尷尬的同時開口：

「那個……這件泳裝很適合妳。」

「謝謝。」

和其他女生們不同，綾乃穿著連身式泳裝。各處以荷葉邊裝飾，比起性感更襯托出可愛氣息的這件泳裝，政近率直稱讚。此時，另一側的有希快步移動到綾乃身旁，露出惡作劇般的笑容。

「喂喂喂，兄弟，這件泳裝的真正價值不是這種程度哦……？綾乃，向後轉。」

「是。」

「看吧，呼哇～～喔～～」

綾乃轉身之後，有希發出強調性感的聲音。不過原來如此，確實相當性感。

說來驚人，綾乃的泳裝背部整個鏤空，雖然多少以交叉的帶子遮掩，不過從後頸到臀部上緣幾乎一覽無遺。由於其他部位比較保守，所以唯一裸露的背部釋放莫名誘人的氣息。有希指著綾乃的美背，咧嘴露出笑容。

「這個怎麼樣啊？」

面對有希「這樣很性感吧？嗯嗯？」的得意表情，政近目不轉睛注視綾乃背部上方，像是鞋帶般交叉的帶子……

「總覺得，很像叉燒——」

「宰了你喔，混蛋。」

「啊啊不對，總覺得很像好萊塢女星穿的禮服，嗯。」

妹妹的視線隱含相當認真的殺氣，政近連忙改口。即使如此，有希依然以殺手般的眼神看著政近數秒，但她察覺四人組好像已經說完話要走過來，因而將表情回復為淑女模式。

「所以呢，接下來我要主推肚子，綾乃主推背部，請做好心理準備多多指教。」

「我不知道有什麼好指教的，不過隨妳們高興吧？」

政近留下這段話跑向統也，兩個男生合力將陽傘插在沙灘上。女生們在這段時間設置海灘床，鋪好塑膠墊。

「好，大概這樣吧。」

「呼，挺辛苦的。」

兩人好不容易一起固定陽傘之後，全身慢慢冒出汗水的政近抬起頭，結果和欲言又止般看向這裡的艾莉莎四目相對。下一瞬間，艾莉莎迅速移開視線玩弄頭髮，一副「我只是在看你們插陽傘，怎麼了嗎？」的表情，但是身體依然朝向這裡。

非常好懂的這個態度，引得政近略帶苦笑開口：

「艾莉，妳的泳裝好可愛。」

「唔！是嗎？謝謝。」

艾莉莎沒看向政近，冷淡回應。瑪利亞前來挽住她的手。

「呵呵呵，艾莉，太好了耶～～」

「幹嘛啦，好熱！」

「哎喲！」

瑪利亞身體緊貼過來，艾莉莎嫌煩般甩掉她的手，迅速和姊姊保持距離。瑪利亞的特定部位順著這股力道大幅搖晃，政近忍不住被奪走視線。這是沒辦法的。因為泳裝的正中央是帶子，所以乳溝盡收眼底……即使在腦中如此辯解，但是艾莉莎隨即以冰柱般的視線刺過來，政近連忙抬起視線。

「瑪夏小姐也是，泳裝很適合妳。」

「嘻嘻，謝謝～～」

不知道是否察覺政近剛才的視線，瑪利亞純真表達喜悅。這張純真的笑容像是針扎般刺激政近的罪惡感。

「政近同學政近同學！」

一根指頭輕戳政近大腿。政近低頭一看，有希坐在塑膠墊背對這裡。她將手繞到脖子後方撥起頭髮，露出背部使個眼神像是勾引般這麼說：

「可以幫我擦防曬油嗎？」

「妳就這麼被曬黑吧。」

「哎呀，這麼嗆。」

政近的冷漠反應使得有希聳肩，輕輕站起來。

「開玩笑的，防曬油已經擦好了。」

「那妳問什麼問？」

「想說這是約定俗成的慣例。」

「就算妳按照慣例這麼問，我也不會慌張的。」

「哎呀，那你被艾莉同學這麼問就會慌張嗎？」

「咦？」

突然被點名，艾莉莎發出吃驚的聲音。政近也不禁反射性地看過去，和她四目相對。接著艾莉莎不知道想到什麼，視線變得銳利並且側身看向政近，迅速以雙手遮住自己的身體。

「不不不，我沒要幫妳擦。而且說起來……艾莉妳會曬黑嗎？我隱約覺得俄羅斯人的皮膚會曬紅卻不會曬黑。」

「我多少也會曬黑喔。也有人不會就是了……不過變紅肯定是曬出來的。」

「哎，我想也是……」

即使轉移話題，艾莉莎依然以充滿戒心的眼神注視，政近尷尬轉頭看向統也。

「那個……那就差不多開始玩吧？」

「啊啊，也對……不過，在這之前……」

被政近注視的統也有點不好意思般游移視線，略顯猶豫開口：

「機會難得，大家要不要一起朝著海面大喊『大海耶——！』這樣？」

「……咦？」

統也的意外提案，使得政近發自內心皺眉。緊接著，統也莫名變得消沉，茅咲連忙出面緩頰。

「總……總之這是約定俗成的慣例喔！這場集訓也是要增進學生會成員的情誼，機會難得就來喊一下吧！要有默契，好嗎？」

「這樣啊……」

看到統也的態度，在場所有人隱約猜到他應該很嚮往這種事，彼此以視線交流之後懷著溫柔的心情決定配合這個提案。

「啊，那麼難得有這個機會也來拍照吧。用計時功能拍合照。我看看，有沒有哪裡能放相機……啊，用露臺的那張桌子吧。」

「咦……要，要拍嗎？」

有希取出數位相機之後，艾莉莎有點畏縮般以雙手遮住身體。有希見狀溫柔微笑要讓她安心。

「這是紀念用的，所以沒關係哦？有人希望的話，泳裝照只會交給本人。」

「這，這樣啊……那就好……」

聽完有希的說明，艾莉莎也點了點頭。政近覺得這個說法怪怪的，但是刻意不追究。相機設置完畢之後，所有人脫下海灘鞋，赤腳在海灘排成一列，然後由統也帶頭一齊——

「「「「大海耶——！」」」」

「大……大海耶～～！」

「大海耶～～」

五人開懷大喊，一人放不太開，一人直接以讀稿語氣照念。盛夏的海灘出現一股難以言喻的氣氛，快門聲在這股氣氛中空虛響起。接著，艾莉莎不自在般縮起肩膀，綾乃面無表情歪過腦袋。

「……嗯，好。那就開始玩吧！」

「不，麻煩處理一下這股氣氛——」

「好～～來比賽吧，統也！游到外海那塊岩石！」

「綾乃，我們也去玩吧。」

「遵命，有希大人。」

無視於政近的吐槽，四人像是在說「這種地方我待不下去了！我要去海裡了！」飛奔向前。留在原地的是微妙的氣氛，還有政近與九条姊妹。

「那個……我們也去玩吧？」

「……」

即使有所顧慮般向艾莉莎搭話，艾莉莎依然就這麼尷尬別過頭去。不得已，政近看向瑪利亞……發現瑪利亞不知為何回到陽傘底下。

「瑪夏小姐？妳不去玩嗎？」

政近轉身發問之後，瑪利亞坐在塑膠墊露出我行我素的笑容。

「不用在意哦～～？我吹飽這個就會過去～～」

瑪利亞說著從包包取出的東西，是摺成一小塊的泳圈。她打開泳圈，以開朗笑容揭露驚人的事實。

「我啊，其實不會游泳喔～～」

「…………咦？」

聽到這個震撼的爆料，政近露出大吃一驚的表情看向艾莉莎。

「那個……？啊，難道游泳在俄羅斯不太普遍？因為海會結凍？」

「沒那種事。學校很正常會上游泳課，而且在我以前住的海參崴，夏天可以進行海水浴。」

「……明明這樣卻不會游泳？」

政近忍不住差點加上「明明看起來浮力很大啊？」這句話，連忙把話語吞回肚子裡。不過艾莉莎好像隱約猜到政近想說什麼，瞇細雙眼以帶著鄙視的眼神注視政近。

「……因為我們很少私下去游泳。」

「原……原來如此。啊啊沒事，畢竟日本人也有人不會游泳啊？瑪夏小姐也有一些不會的事情對吧！我覺得很好喔，這是個性！」

政近打圓場般大聲說完，嘴裡說著「那我就不客氣了……」匆忙要走向海面……手腕卻從背後被緊緊抓住。

「那個，艾莉小姐……？」

不祥的預感引得政近戰戰兢兢轉過身去。艾莉莎筆直注視他……然後開口：

「先做暖身運動。」

「啊，好的。」

◇

在相較之下算是平穩的海裡，政近自由自在游泳。

海水比政近想像的透明得多，隔著泳鏡甚至可以清楚看見三公尺遠的海底。

（喔，魚滿多的。真壯觀，光看這個就不會膩了。）

有點後悔沒帶浮潛用具過來的政近，暫時游慢一點享受海中景色。

「噗哈！」

呼吸變得有點難受，所以政近決定暫時回到淺灘。以蛙式朝著海灘游一小段距離的時候……映入視野的「那個東西」嚇到政近。

因為……位於那裡的東西，是讓後腦杓與背部露出海面，隨著波浪緩緩搖晃，看起來完全是浮屍的綾乃。

「等一下，綾乃？」

「嗯？什麼事？」

政近連忙以自由式游過去搭話，綾乃隨即若無其事抬起頭。然後她將貼在臉部的頭髮往上撥，取下嘴裡的呼吸管，以詫異的眼神看向政近。

「啊……那個，妳還好嗎？」

「嗯？您是問什麼事情還好？」

「不……」

看到這個反應，政近察覺她應該不是溺水，僵住笑容發問。

「……開心嗎？」

「是的，非常開心。」

「……這樣啊，那就好。抱歉打擾了。」

「不，沒到打擾的程度。」

「那麼，我先回海灘了……」

「好的，晚點見。」

綾乃簡單點頭，重新含著呼吸管，然後再度浮在海面。自己沒游泳，就只是任憑波浪搖晃。

這種享受大海的方式過於獨特，對此略感納悶的政近回到淺灘。然後他躺在海岸線，享受潮來潮往的波浪與沙子觸感。

「啊啊～～好舒服～～」

上空是即使閉上眼睛也會把眼皮照紅的太陽。燦爛照耀的太陽燒灼裸露的肌膚，另一方面，腿與側腹接觸的海水好涼好舒服。波浪一來，就覺得身體往頭部方向往上推，水花也同時嘩啦啦潑在臉頰。波浪一退，反倒覺得身體被拖入大海，身體下方的沙子同時被捲走，傳來背部稍微陷入沙灘的觸感。

政近暫時沉浸在這種無法言喻的舒服感覺之後，旁邊突然響起拍打海水的聲音。緊接著，海水灑落在躺平的政近臉部。

「噗啊！哇噗，怎麼回事？」

政近猛然坐起上半身，使勁從鼻子噴氣之後以手擦臉，好不容易防止海水入侵鼻腔之後，迅速看向聲音來源。

「耶～～My brother，玩得開心嗎？」

「妳喔……」

或許該說果不其然，眼前是咧嘴笑嘻嘻的妹妹。

「真是的……可以嗎？妳的本性都寫在臉上了。」

「沒關係吧。反正大家都～～去很遠的地方了。」

有希說著眺望大海方向，詫異般歪過腦袋。

「不過……巨大章魚什麼時候才會出現？我等好久了。」

「等再久都不會出現，所以放心吧？」

「怎麼可能！只要說到海邊，照慣例會出現巨大章魚或是巨大水母或是巨大海葵，然後『哎呀～～』或是『不要啊～～』玩起觸手遊戲吧？」

「那是在奇幻世界！現實世界出現那種生物會造成恐慌！」

「怎麼……這樣……那我到底是為了什麼來到海邊……」

「不是為了海水浴嗎？」

妹妹跪下來將雙手撐在沙灘，政近賞她白眼冷靜吐槽。有希隨即站起來，夾雜著嘆息開口：

「沒辦法了……既然不會發生色色的制式事件，只好消化自己做得到的事件了嗎……好啦，來玩那個吧，那個。」

「什麼？要玩哪個？」

「你這笨蛋！說到在海邊玩的那個，當然是相互潑水吧！」

「我哪知道！不，確實都會這麼玩就是了！」

漫畫或動畫常見的「看我的～～！」「呀，好冰喔～～！竟敢這樣，嘿～～！」這種場景浮現在腦海。政近也心想「確實有這種慣例」。

此時，有希迅速蹲下去將雙手插入海面，用力朝政近潑水。

「受死吧！」

……不過她的吆喝聲和慣例不太一樣。

「唔咿……！」

水花精準潑向臉部，政近猛然別過頭去……潑中的海水令他臉頰稍微扭曲，在轉過身來的同時以右手使勁潑水。

「哇喔～～噫！」

面對描繪弧線來襲的水花，有希發出奇怪的聲音伸手保護臉，然後立刻揮動手臂改為反擊。

就這麼反覆你來我往之後，終於演變成無視於回合制的無情潑水大戰。兄妹倆維持重心壓低的姿勢近距離相互潑水。

「憑妳那雙小手休想贏我！」

「啊噗，看招！」

「慢著，不准用腳！妳……」

「啊哈哈哈！」

「呼，哈哈哈哈！」

「啊哈，啊哈哈哈！…………………………唉。」

「別冷場好嗎……」

有希突然收起開朗的笑容嘆氣，政近停手賞她一個白眼。潑水大戰中止的瞬間，總覺得從頭髮或是下巴滴落的水珠突然開始帶著哀愁。

「不……這比我想像的還要無聊耶。」

「帶頭開打的妳搶先回復理智，叫我如何是好？」

「能夠一直享受這種樂趣的人，只有被愛情沖昏頭的笨蛋情侶吧？」

「說法改一下好嗎？」

「愛情，沖昏頭了。」

「沒人叫妳說得像是洗澡水放好了吧？我說的是比喻上的問題——」

「吵死了～～！」

「慢著，妳怎麼——？」

有希突然拉近距離用力撲過來，被沙子與海浪絆住腳的政近整個人向後摔倒。背部狠狠摔在海面，嘩啦～～濺起好大一陣水花。

「噗嘎，波咕！」

雖然這個區域的水深頂多只到膝蓋以下，但是跌倒還是會溺水。政近連忙用手按住海底撐起上半身，一邊用力從鼻子吐氣，一邊斜眼瞪向摟住他脖子的有希。

「妳突然做什麼——」

「歐拉！給我沉下去沉下去！」

「呃，笨蛋……！」

不過，有希就這麼抱著政近用力推，手臂沒撐好的政近輕易被推倒，再度從背部下水，腦袋沉入海中。

「妳這個！呆子！」

這次鼻子完全進水，政近含淚忍著鼻腔的陣陣刺痛使勁起身，用盡全力將有希推回去。

「唔……呵呵呵，你太天真了喔。無論身在哪種戰鬥，壓在對手上面的一方都比較強喔……！」

「但……但是妳好像很用力啊？咕，我要讓妳知道妹妹贏不了哥哥……！」

政近發揮體格與肌力差距，幼稚地試著反擊妹妹。慢慢用力完全撐起上半身，然後就壓要反過來推倒有希。有希也踩穩雙腳試著抵抗，不過被壓制到這種程度終究難以反擊。

確信勝利的政近咧嘴露出笑容……這一瞬間，有希在他耳際大喊。

「綾乃！就是現在！」

「我不會中這種計──」

「政近大人，恕在下冒犯！」

「所以說妳為什麼會在啊！」

明明直到剛才都是浮屍的綾乃，聲音從正後方傳來……的下一剎那，政近從背後被人架住雙手。

比起這個事實，隔著一片薄布用力壓在裸背上的柔軟觸感更令政近驚慌失措。突然的美少女三明治。總之前方的妹妹一點都不重要，但後方的兒時玩伴使得政近也無法保持冷靜。有希趁機將政近的身體往側邊壓倒。撐不住的政近從肩膀下水，海水進入耳朵的觸感害他板起臉。

「咕唔！」

「綾乃！右手！」

「恕在下冒犯！」

「要道歉的話就別──」

兩人聯手固定四肢，政近又是被壓又是被拉，反覆沉入海中。

和兩名身穿泳裝的美少女嬉戲，對於男人來說這是夢想般的場面，但是兩人的所做所為卻和不懂得拿捏力道的小屁孩一樣惡質，所以無法樂在其中。真的只能為了逃離海水而非常認真掙扎。

數分鐘後，政近好不容易擺脫兩人的拘束逃到海灘，維持手腳撐地的狀態大口喘氣。

「為什麼，就算來到海邊……也還得玩摔角啊……」

「您還好嗎？剛才做得太過火了，在下深感抱歉。」

「不，綾乃妳不用道歉……因為都是有希的錯。喂，不准戳我。」

政近朝著蹲在旁邊幫忙順背的綾乃貼心這麼說完，轉頭瞪向蹲在另一側笑嘻嘻戳他臉頰的妹妹。

「不是摔角，是滿滿美少女的泳裝相撲喔。」

「妳一臉正經在海邊玩這什麼遊戲？」

看到頭髮滴著水的哥哥以白眼看向這裡，一臉心滿意足的有希毫不愧疚般揚起單邊眉毛。

「嘴裡雖然這麼說，其實剛才盡情享受了我們肌膚的柔軟觸感吧～～？瞧瞧你的臉紅成這樣～～」

「不，這只是因為缺氧。」

政近冷靜吐槽，不過有希似乎不以為意，華麗無視之後站了起來。

「好啦，盡情和哥哥打個火熱之後，再去海裡玩一下吧～～啊，記得剛才有一個很大的充氣浮板？去把那個吹起來吧。」

「那個……」

「啊啊，綾乃妳去陪有希吧。我要再休息一下。」

「……這樣啊。那麼在下失陪了。」

有希飛也似地愉快朝著別墅方向奔跑，綾乃有所顧慮般隨後跟上。政近目送兩人之後，坐在沙灘看向海面。

「咦？會長與更科學姊不在……？」

乍看之下映入眼簾的只有九条姊妹，政近稍微歪過腦袋。定睛看向兩人剛才要前往的岩地，也沒看到他們的身影。

「……哎，關於他們兩位，就算去找也只是不解風情吧。」

只有他們兩人絕對不會溺水吧。說不定正在那片岩地後方享受兩人世界。要是追究就真的只是不解風情了。

政近重新如此心想，不經意看向左方正在游泳的艾莉莎，接著看向反方向，看見在稍微遠離沙灘的海上，裝備泳圈的瑪利亞輕飄飄浮在海面……浮在海面……嗯？她是不是被沖走了？

「呃，那樣沒問題嗎？」

政近想起瑪利亞說過自己不會游泳，伴隨著些許慌張以自由式游向瑪利亞。

「瑪夏小姐！」

「啊啊，久世學弟～～你游得好快耶。我嚇了一跳。」

「不，總之這不重要……妳還好嗎？是不是被沖走了？」

瑪利亞一如往常以軟綿綿的笑容迎接，政近即使感覺有點洩氣，依然一邊踩水一邊詢問。瑪利亞隨即將右手按在臉頰，有點為難般歪過腦袋。

「果然是這樣吧～～」

「居然真的被沖走了！」

「我從剛才就努力要回到海邊……但是不知為何愈離愈遠耶～～」

「不不不，這不是好笑的事情吧？」

「唔～～可是就算哭也沒用吧～～？這樣海水會變甜。」

「什麼？」

「啊啊，不過這麼一來，說不定就會像是海豹先生那樣獲救？」

「瑪夏小姐？」

「艾莉肯定會大吃一驚吧～～」

「為什麼對話突然沒辦法成立了？瑪夏小姐！」

「咦，什麼事？」

看到瑪利亞露出詫異表情歪過腦袋，政近將手按在眉心。然後他放棄理解瑪利亞的古怪發言，回到正題。

「……總之，瑪夏小姐明明不會游泳，要是在這種地方翻覆放開泳圈，妳就會沒命的。」

「唔～我想說遲早會有人發現，然後過來救我。」

瑪利亞以感覺不到緊張氣息的模樣露出為難的笑容，使得政近心想「這個人真的沒問題嗎？」有點擔心。

「請再稍微早點求救好嗎……」

「對不起～～……不過久世學弟，你已經像這樣過來救我了吧？」

「……只是湊巧。」

「呵呵呵，就算這樣也很謝謝你。你救了我一命。」

瑪利亞放鬆臉頰，以像是全盤信賴的笑容道謝，政近感到不好意思。

「唉……總之沒事就好。」

政近輕輕移開視線冷淡回應，瑪利亞因而加深笑容。如同看見溫馨事物般的這張笑容，使得政近覺得內心像是被看透般不太自在。

「那就先回到海灘，沒問題吧？」

「嗯，拜託你了～～」

「那個……」

正準備帶瑪利亞回海邊的時候……政近猶豫自己要抓住哪裡。對方是男生的話，他可以毫不客氣單手插入泳圈內側用拉的，不過終究不方便對女生這麼做。如果泳圈有附拉繩就簡單了，可惜也沒看見這種東西。

「那麼，麻煩你護送哦～～？」

「啊，好的。」

瑪利亞在猶豫的政近面前伸出右手。政近小心翼翼握住這隻手。比自己更小，更柔軟的手。非常嬌細，感覺握得太用力就會折斷……觸感卻莫名令人安心。

「呵呵。」

「怎……怎麼了？」

「不，沒事～～」

瑪利亞露出暗藏玄機的笑容，政近移開視線不看她的臉，開始游向海灘。腿部動作小一點以免踢到瑪利亞，以單手划水的蛙式拉著瑪利亞前進。

「好厲害，好快喔～～久世學弟的力氣很大耶～～」

瑪利亞佩服與歡呼各半的聲音從背後傳來，政近感覺背部突然發熱。政近也是男生，聽到可愛的女生像這樣發出純真的歡呼，就會冒出「好！多加把勁努力吧！」的心情。

就在這個時候，瑪利亞忽然發出有點擔心的聲音。

「哎呀……？久世學弟，你的肩頭有傷疤……」

「咦……？啊啊。」

聽到瑪利亞指出這點，政近心想「確實有個疤」轉頭瞥向她。

「那是舊傷，而且已經不痛了。」

「是嗎……？」

瑪利亞看起來很擔心，不過實際上真的不痛，又位於肩頭後方，所以平常甚至忘了那裡有個傷疤。

「曾經遭遇什麼事故嗎？」

「不不不，沒那麼誇張喔。只是稍微被狗咬了一口……」

政近重新面向前方這麼說的瞬間，感覺得到和瑪利亞相繫的手被她用力握住，因而有點慌張。

「不，真的沒什麼大不了的。只是因為當時愛面子沒好好治療，才會留下一點痕跡……」

這是政近和那孩子共度童年時發生的事。兩人一如往常在公園玩，因為某些原因而亢奮的一隻大型犬突然襲擊那個孩子。

政近情急之下撞向那隻狗要保護她，但是為了壓制而努力搏鬥的時候右肩被咬。幸好隨後趕到的飼主用盡全力拉開狗，所以傷口沒有很深……不過當時的政近愛面子不希望害得那孩子擔心，也害怕事情如果鬧得太大，父方的祖父母會被嚴清責罵，所以只接受最底限的治療。

當時醫生說傷痕會隨著成長逐漸變得不顯眼，但是背部到最後還是留下少許灰紫色的傷疤。不過政近自己真的已經不在意這件事了。

「反正和女生不一樣，男生多少有點傷疤也不會怎麼樣，我爺爺反倒還說『這是男人的勳章！』並且笑了。啊啊，這算是當年保護朋友受的傷。」

「……這樣啊。」

瑪利亞的音調比平常低，政近對此略感尷尬，就這麼面向前方，即使手臂累了也不喊苦繼續游泳。在這種微妙的氣氛中，和海灘的距離已經不到一半，政近覺得腳差不多應該踩得到底了……的這個時候，政近手中瑪利亞的手顫抖緊繃。

「嗯？瑪夏小姐？發生了什麼事？」

政近轉身改為仰式，看向身後的瑪利亞。但是瑪利亞沒回答政近的問題，她轉頭隔著肩頭注視海中。

「瑪夏小——」

「呀啊——」

瑪利亞發出像是抽搐般的小小哀號。緊接著，她放開政近，將雙手放在泳圈，開始擺動雙腳要讓身體向上離開泳圈。

「慢著，這是在做什麼！危險——」

吃驚的政近如此忠告，但是為時已晚。瑪利亞將體重壓在前方的泳圈，後側大幅翹起，就這麼向前摔個倒栽蔥。

激起大大的水花，瑪利亞的腿在翻覆的泳圈內側激烈向上踢，而且就這麼逐漸沉入海中。

「呃，慢著，還好嗎——」

政近慌張的時候，海中伸出兩條手臂纏住他的脖子。政近冒出「咦」的念頭時，頭髮緊貼額頭與臉頰的瑪利亞竄出海面，不顧一切抱住——不對，抓住政近。

「怎……怎麼回——？」

瑪利亞貼著頭髮的臉頰碰觸政近臉頰，軟嫩的手臂碰觸政近脖子與肩膀。最重要的是……非常柔軟的肌膚觸感像是密合般用力壓在政近的胸部與腹部。

「~~~~！」

過於刺激的這種觸感，使得政近感覺到身體深處頓時變得火熱。不過嘴巴即將在下一瞬間接觸海面，所以他連忙再度踩水。

「好險——」

「水……水母，水母~~！」

「咦，水，水……水母？」

瑪利亞在耳邊半哀號般大喊，政近連忙看向海中，隨即確實看見白色半球狀的物體在水裡漂蕩，不禁繃緊身體……但是仔細一看，這個物體不像是正在自己游泳，反倒只是無力隨著波浪搖晃……

「……嗯？瑪夏小姐，那個不是水母，是塑膠袋吧……」

「咦？塑……塑膠袋？」

「那個，應該吧……」

「我不要只是應該——！」

政近沒什麼自信含糊回應之後，一瞬間放鬆手臂的瑪利亞立刻再度緊緊抱住他。

「唔喔喔！那麼絕對！絕對是塑膠袋！」

「Ааа！Помогиии！Она меня ужалила！」

「啊！原來妳一恐慌就會說俄語！」

聽到完全陷入恐慌的瑪利亞如此大喊，政近莫名佩服。政近自己也基於不同意義處於恐慌狀態。不過這也在所難免吧。

在冰涼的海水中，瑪利亞的肌膚感覺異常火熱。好軟。總之就是好軟。尤其是在政近胸口壓到變形的母性集合體。不只如此，瑪利亞本身的香味混著防曬油的味道充滿鼻腔。

（慘……慘了，真的可能會沉溺……）

沉溺在瑪利亞的母性……不對，當然是海裡。逐漸下沉的身體令政近感到危機，連忙尋找泳圈，發現泳圈漂浮在數公尺前方。大概是因為瑪利亞激烈亂動，才會被推得漂到遠方。

「冷……冷靜下來，好嗎？」

「Я боюсь медуз！Са-кун，помогиии！」

瑪利亞繼續不知道在哭喊什麼，政近將手放在她背上安撫，游向泳圈。然後在好不容易將泳圈拉過來而鬆一口氣時……附近傳來一個傻眼般的聲音。

「你們在做什麼？」

政近迅速轉頭一看，茅咲將泳鏡拉到額頭露出傻眼表情。這張表情引得政近回顧自己正以現在進行式被瑪利亞緊抱的狀況，內心一陣慌張。

「啊，不，那個……因為，有水母……」

「水母……？啊啊。」

露出疑惑表情的茅咲，視線迅速掃向海中，然後慢慢伸手抓起某個物體。

「……你說這個？」

茅咲說完高舉的……確實是水母。不是塑膠袋，是千真萬確的水母。

政近不由得作勢應戰，摟著他脖子的瑪利亞雙手也增加力道。然而茅咲對此露出更加傻眼的表情。

「不，用不著這麼提防也沒關係。因為已經死了。」

「咦，已……已經死了？」

聽她這麼說才發現動也不動……而且感覺無力下垂。看起來好像只是一塊明膠。

「我剛才游泳的時候發現好幾隻，所以三兩下解決掉……看來屍體湊巧漂來這裡了。」

茅咲若無其事這麼說完，像是當成垃圾般隨手扔掉水母屍體。感覺真的是壓倒性的強者。

「所以？瑪夏妳還要抱多久？」

「啊，那……那個……」

茅咲冰冷的視線使得瑪利亞眼神游移，尷尬一笑。

「我……嚇到軟腳……」

「不是腳抽筋？」

「在水裡軟腳也太厲害了。」

政近和茅咲一起露出冷淡眼神，將泳圈拿給瑪利亞，然後和茅咲合作帶瑪利亞前往淺灘。游到踩得到海底的地方之後，瑪利亞終於開始以自己的雙腳搖搖晃晃走向海灘。

「抱歉了久世學弟，謝謝你。」

「不，總之沒事就好。那我再去游一下。」

瑪利亞愧疚般下垂眉角說完，政近稍微舉手朝她示意，再度前往外海……他現在不能從海中上岸。原因請各位體諒。政近也是健全的男生，所以在所難免。

第6話　我想成為龜

「咦？艾莉去了哪裡？」

政近在海裡冷卻腦袋等部位回到海灘一看，海灘只有二年級組。轉身看向後方，抱著大浮板的有希剛好在綾乃陪伴之下從海裡上岸，但是沒看見艾莉莎的身影。

「如果要找九条妹，她剛才借釣竿之後去了另一邊的岩地。」

「釣竿？是喔……話說回來，我應該吐槽這幅光景嗎？」

政近俯視的前方，剛才回答政近疑問的統也，正在被茅咲勤快埋起來。仰躺在海灘的統也身上堆起愈來愈高的沙子，瑪利亞不知為何以木棒在他周圍畫上奇妙的花紋……這是什麼儀式？

「……可以的話別過問，這樣會幫了我一個大忙。」

「……收到。」

政近隱約覺得一旦提到這件事會很麻煩，所以簡短回話接受統也的要求。此時有希過來了。她看著眼前的光景停下腳步，思考數秒，然後突然露出恍然大悟的表情，以只有身旁政近聽到的音量低語。

「（難道說，會從這裡冒出來嗎？觸手。）」

「（並不會，又不是克蘇魯。）」

「（原來如此？『既然不出現，那就召喚看看吧，巨大的章魚』，所以是這麼一回事嗎？）」

「（不准召喚不准召喚。）」

「各位做的事情真有趣耶？我也可以參加嗎？」

「哎呀，可以哦～～？」

有希華麗無視於政近的吐槽，開心加入瑪利亞的繪畫（？）行列。

「綾乃妳……綾乃？」

政近傻眼看著這樣的妹妹，轉身看向妹妹的隨從，發現綾乃不在那裡。環視周圍才發現綾乃的背影，她正在將有希剛才拿的浮板運回小屋。真的是非常能幹的隨從。

「……」

突然閒下來的政近思考片刻，決定前往艾莉莎所在的岩地。途中他在陽傘底下套上海灘鞋，從沙灘走向岩地。然後在踩著岩石要爬上去的瞬間，政近單腳一滑，稍微踉蹌了一下。

「唔喔，腳底不太穩。」

岩石本身相當脆弱易碎，而且帶著溼氣的海藻附著在表面所以非常滑。加上現在政近腳上是幾乎沒有止滑功能的海灘鞋。要是沒有注視腳邊慎重行走，一個不小心可能會摔個四腳朝天。

慎重再慎重地踏出腳步……走到岩石上方的平坦處時，政近發現艾莉莎的身影。

「喔，找到了找到了……喂～～有釣到嗎～～？」

政近如此呼叫接近過去……不過看見艾莉莎以嚴肅表情瞪著海面的模樣，顯然目前還毫無斬獲。

「……什麼事？」

「沒有啦，我只是來看看狀況……」

艾莉莎甚至看都不看這裡一眼，她全神貫注的身影使得政近心想「打擾她也不太好」停下腳步搔了搔腦袋。

然後，政近覺得「總之旁觀她釣魚的樣子吧……」一起看著艾莉莎凝視的海面浮標。不過政近大約一分鐘就對動也不動的浮標失去興趣，閒著沒事讓視線隨意游移，不經意看向艾莉莎。

（啊，真的耶。隱約看得見肋骨。）

比基尼下方隱約浮現的肋骨線條，使得政近想起妹妹的話語。視線就這麼下移，是細到令人覺得以雙手就能抓住半圈的柳腰，有希會吃驚確實也在所難免。

「你在看哪裡？」

被這個冰冷聲音引得抬起視線一看，艾莉莎以降到冰點的眼神瞪向這裡。政近絕對不是想入非非，純粹以感嘆的眼神欣賞，不過被罵還是會覺得愧疚，這就是男人心。

「沒有啦，想說妳的腰真的好細。」

「啊，是喔。」

政近率直稱讚，希望起碼強調「我沒有想入非非，我看的不是臀部，是腰部」，艾莉莎的反應卻很冷漠。

「這種事，我們去年一起跳過舞，所以你早就知道吧？」

「去年……？啊啊，校慶的……」

回想起在後夜祭的土風舞（？）摟過艾莉莎的腰，政近覺得有點害羞。當時天色昏暗，加上拚命跟上艾莉莎的舞步所以不太注意，不過重新想起曾經將此等柳腰摟到身旁，總覺得自己做了非常大膽的事。

「哎，那個，就是……重新看一次才深深覺得真的很細。」

政近移開視線結巴說完，艾莉莎也有點慌張般後退。

「等一下……別做奇怪的反應啦。當時那只是普通的舞吧？」

「不，總之……唔唔，雖說是普通的舞，不過其實相當創新吧？因為某人失控的關係？」

「那是……還不是因為你在挑釁……」

艾莉莎露出有點尷尬的表情，接著不知道忽然想到什麼，視線變得銳利，稍微臉紅瞪向政近。

「話說在前面，那時候是在跳舞所以特別准你碰，現在敢碰就不會放過你哦？」

「不，我不會碰。我不會這樣性騷擾。」

政近舉起雙手表示沒以這種眼神看待，但是艾莉莎疑惑般哼聲將視線移回前方，以冷淡態度開口：

「天曉得……畢竟瑪夏的胸部好像也非常吸引你的目光？」

「啊，不……總之，這該說是男性的本能嗎……」

「會長不就沒看？」

「我對此也嚇了一跳。那個人真的是紳士。」

政近嚴肅說完連忙辯解。

「不，會長當然是紳士，不過那是因為更科學姊這位女友在他身旁……正因如此才沒有把目光移向其他女性，所以拿他來比較的話，該說有點牽強嗎……」

總覺得立場愈說愈糟，政近縮起身體低下頭。此時，一句俄語輕聲傳來。

【我們不也是搭檔嗎？】

「搭檔」的意思不一樣。拜託別把「情侶」與「搭檔」相提並論。

【只看我一人好嗎？】

（……我可以看嗎？）

看那對雄偉的胸部……？政近忍不住在內心如此回答，立刻自行否定。艾莉莎的俄語不能全盤當真。她剛才不就在問「你在看哪裡」以冰冷的眼神瞪過來嗎？艾莉莎的俄語應該只聽一半……不對，聽三分之一左右就好。

這是……沒錯，應該是「與其放任你色瞇瞇看著姊姊，不如只衝著我來就好」的意思。這是想保護傻呼呼姊姊的尊貴姊妹愛，嗯。

（不過沒多久之前，這位姊姊身穿泳裝緊緊抱住我就是了。）

連帶回想起剛才那場意外，應該說那個幸運色狼事件，政近搖了搖頭。然後他看向海面迅速改變話題。

「那個……來到海邊快樂嗎？」

說出口之後，政近自己心想「我在說什麼」。雖然只是任憑腦中突然想到的問題脫口而出，艾莉莎卻不太在意就點頭回應。

「嗯……也對。我第一次像這樣和朋友外出旅行，但我覺得很快樂。」

「這樣啊……妳說的『朋友』包括有希與綾乃嗎？」

「咦？是的。」

看見略顯疑惑的艾莉莎理所當然般點頭，政近有點感動。在校內被稱為「孤傲的公主大人」的這個同學，毫不猶豫把個性鮮明的那兩人稱為「朋友」。昔日的艾莉莎已經擁有能夠斷言是朋友的對象。

（看來……她並不是討厭別人。只是為了避免自己造成傷害，才會和周圍的人們保持距離……真是一個溫柔又重情的傢伙。）

這份溫柔也已經用在政近以外的人，政近莫名覺得開心，忍不住像是細細咀嚼這個事實般反覆點頭。

「這樣啊……嗯，這樣啊。」

「什麼事？」

「沒事……」

對於艾莉莎的質疑視線，政近含糊帶過……清了清喉嚨之後開口。

「我可以說一些正經事嗎？」

「……可以啊？」

「嗯。那個，是關於學生會長選舉的事。我一直在想，必須找機會提升妳的社交能力……畢竟要是一直冷淡對待支持妳的人們，就沒有當選的把握了。」

「……」

聽到政近暗示「妳沒有社交能力」，艾莉莎不發一語。這就是即使有所自覺，被戳中依然會痛的部分吧。

「不過，我現在覺得或許不需要。」

然而政近朝著沉默的艾莉莎開朗這麼說。艾莉莎再度投以疑問視線，政近筆直看著她回應。

「我覺得用不著胡亂多管閒事……妳也可以自行拓展自己的人際關係。當我這麼想之後，總覺得鬆了一口氣……應該說挺開心的。」

政近說完害羞一笑，艾莉莎輕輕將視線移回正前方，然後簡短回應。

「……因為有希同學與君嶋同學很溫柔。」

「嗯，妳也是。」

政近間不容髮回應的這句話使得艾莉莎語塞。她迅速張開嘴，半反射性地要編織否定的話語，政近卻搶先出言補充。

「學生會的大家早就察覺了……還有，谷山與宮前也是。」

「……」

「話先說在前面，我在結業典禮說的那些都是真心話。只要熟悉妳的為人，肯定會有許多人願意支持妳。所以……我覺得妳最好多多主動接近大家。因為妳這個人比妳自己想像的更受人喜愛。」

「……這樣啊。」

艾莉莎微微點頭回應政近這段話，然後沉默了好一陣子。兩人就這麼一起看著海面，響起的只有海浪聲。

【你也是。】

「嗯？」

「……沒事。」

輕聲脫口而出的俄語引得政近看過來，艾莉莎也只是搖搖頭再度沉默。總覺得場中洋溢一股感慨的氣氛，政近心想「這種事不該在旅行地點說嗎……」搔了搔腦袋，稍微拉高音調開口：

「啊啊～～……話說回來，完全沒釣到耶？那個，妳這是在釣什麼？」

政近刻意誇張伸一個大懶腰，以視線朝著海面的浮標示意，艾莉莎隨即稍微皺眉轉過頭來。

「……釣什麼？」

「嗯？沒有啦，我在問妳是用什麼釣餌？」

「……我沒裝釣餌。」

「咦，難道是用路亞假餌？這對初學者來說很難吧……慢著，妳是初學者吧？」

「……是啊。」

艾莉莎略為不滿般說完，同樣外行的政近以自己看漫畫得到的知識進行指導。

「那個，用假餌的話，光是等待根本釣不到哦？必須上下移動釣竿，讓假餌看起來像是活生生的魚……」

「……這樣嗎？」

「不，動得再明顯一點比較好吧……」

「既然這麼說，你來試試看吧。」

艾莉莎有點不悅般遞出釣竿，政近輕聲說著「但我也是初學者……」接過釣竿。然後，政近回憶藝人在電視節目釣魚的光景，有樣學樣搖晃釣竿。十幾秒後……

「啊，好像上鉤了。」

「？」

細微的振動傳到手中，政近輕輕拉竿。緊接著，細微的反應變成確實的抵抗，政近立刻轉動捲線器。不久之後，小小的竹莢魚劃破海面蹦出來。

「！」

「大功告成～～呵，我的才能好恐怖……」

政近在睜大雙眼的艾莉莎面前露出自戀般的笑容。但是竹莢魚描繪弧線拉上岩地之後……他的笑容突然僵住。

「……所以，這要怎麼處理？」

「咦，問……問我怎麼處理……不是放生就好嗎？」

「不，要怎麼做？」

「問我怎麼做……只能取下鉤鉤吧？」

「不，所以說要怎麼做？」

面對吊掛在半空中激烈扭動身體的竹莢魚，政近扭曲表情稍微向後仰。總之不可能只用單手，所以將竹莢魚連同釣竿放在地上……但是牠依然繼續扭動彈跳。兩人一起向後退。沒想到彼此都是不敢摸活魚的人。

「快……快點救牠啦。」

「咦，牠……牠不會咬人嗎？」

「不會咬吧！」

「真的？咦，話說，我應該要抓哪裡？」

「不知道啦！」

兩人在釣上岸的魚前方不知所措。不過在他們這麼做的時候，魚的死期也逐漸逼近，所以政近一邊在內心道歉，一邊稍微踩著竹莢魚的身體固定，轉動釣鉤取下，然後像是捧起來扔出去般讓牠回歸大海。

「……總覺得很抱歉。」

「……」

目送竹莢魚落入海中之後，政近自然而然脫口謝罪。不知為何強烈覺得自己做了不該做的事。艾莉莎似乎也是如此，她以複雜的表情眺望海面。

「……要回去嗎？」

「……就這麼做吧。」

艾莉莎連一隻都還沒釣到，不過看來終究沒什麼興致繼續釣魚。她確認政近拿著釣竿之後，踩著岩地要走向沙灘。

政近也隨後跟上，快要走到最後的下坡時，他開口提醒走在前方的艾莉莎。

「那裡很滑，下去的時候要小心——」

政近為求謹慎如此搭話的這一瞬間……

「啊！」

「喂——！」

正要走下斜坡的艾莉莎涼鞋發出打滑的聲音，身體失衡搖晃。

（糟糕，穿成那樣在岩地摔倒可不是開玩笑的——！）

只是膝蓋或手擦傷的程度還好，頂多就是不能去海裡。不過以毫無防禦力的那副模樣重摔在地，尖銳的岩石可能會深深割傷身體。

「！」

感受到危機的政近連忙伸出空著的左手，以手臂摟向艾莉莎的腹部，試著從後方抱住她。雖然剛才被警告不准碰，但是現在不是在意這種事的場合。

然而這裡有好幾點失算。第一，因為彼此沒穿普通衣服，所以政近摟向艾莉莎側腹的左手無處可抓。第二，海水乾燥而附著鹽分與沙子的肌膚，比想像的更滑。第三點則是……艾莉莎腳邊的岩石隨著這一滑而發出聲音大幅崩塌。雖然只有表面崩塌，但是站在上方的艾莉莎雙腳完全被絆住。

「等等——」

艾莉莎的身體頓時以俯角滑落。然而政近即使想抓住她也無處可抓，被鹽分與沙子減少摩擦阻力的艾莉莎腹部，從政近的手臂滑出。

「——！」

任憑強烈的危機感驅使，政近扔下右手的釣竿，右手臂也摟向艾莉莎的腹部，不只如此還將重心往後，迅速以左手尋找能抓的部位。

（——！腋下！）

政近瞬間如此判斷，用力舉起左手要伸向艾莉莎右邊腋下，同時轉過頭去確認自己後方的地面。

（沒有石塊與突起物……可以！）

……確實，如果單純要把艾莉莎的身體抱上來，將手伸進腋下或許是最佳解。但是政近忘了一件事。對女性這麼做的時候，手臂抵達腋下之前會遭遇一個大大的……是的，大大的障礙物。

（嗯？）

左手往上抬的瞬間，政近感覺拇指陷入某個柔軟的物體，指尖也勾到某個東西。這個「東西」隨著政近的手與艾莉莎的身體動作輕易往上掀起。接著，政近左手埋入軟肉，手指勾到某個帶狀物體。

（嗯嗯？）

順帶一提，政近在這個時間點沒有正確掌握事態。政近滿腦子都因為這個意料之外的觸感而感到困惑，也因為手伸不到艾莉莎的腋下而感到焦躁。即使因為左手卡到某個物體不能動而慌張，已經確認後方安全的政近，依然為了確保艾莉莎的安全，總之先用力抓住左手裡的「那個物體」。

「好痛！」

瞬間，艾莉莎輕聲哀號，但是政近不以為意咬緊牙關，不管三七二十一將艾莉莎的身體整個往後拉。

「啊咕！」

不顧一切將全身重量向後壓的結果，政近一屁股重摔在地。雖然早就做好心理準備，但是薄薄的海灘褲毫無緩衝能力，從屁股衝上腦門的痛楚導致視野瞬間模糊。不只如此，緊接著又有一人分的體重落在大腿上，腿被壓到變形。

「咿！好痛～～……艾莉，妳沒事……嗎……？」

頭昏眼花的劇痛折磨腿部與臀部，政近在哀號的同時低頭看向懷裡的艾莉莎……至此才終於正確認知現狀。右手臂穩穩緊抱艾莉莎的腹部，這沒問題。艾莉莎的臀部與大腿壓在政近大腿，總之這也沒問題。柔嫩的觸感緊貼肌膚，不過這也還好。問題在於……

「唔咿？」

「這……這——！」

在於緊緊抓著艾莉莎右胸的左手。肌膚吸附在手心。沿著手指輪廓變形的軟肉觸感，以及抵在手掌下緣頗具彈力的粒狀觸感。

「對不——！」

「啊——！」

政近一認知現狀就立刻放開左手。將勾在拇指與食指的泳裝甩開，像是彈飛般鬆手。結果……

「！」

「～～～～！」

全部看見了。這是當然的。因為剛才就像是以政近的手代替泳裝遮擋。艾莉莎發出無聲的哀號，迅速以雙手遮住胸部，在政近腿上擺動雙腳站起來。

「去死！去死吧！」

然後她因為憤怒與羞恥而滿臉通紅，朝著倒地的政近雙腿狂踢。

「好痛！對不起，對不起啦！」

即使艾莉莎穿的是柔軟的海灘鞋，用力踢在裸露的雙腿基本上還是會痛。不過剛才完全是政近的錯，所以他只能道歉。隔著衣服稍微碰到就算了，雖說不是故意，但政近剛才將手伸進泳裝底下還使勁抓下去。這怎麼想都是要報警的案件。警察先生，就是這個人。

「笨蛋！變態！我明明說過很痛！你，你卻，那麼用力……！」

「抱歉，好痛！小腿好痛！」

大概是自己說完更加生氣又害羞，艾莉莎雙眼微微泛淚，朝政近的腿又踩又踢。

（噗嘻——！這在我們的業界是獎勵！）

毫不留情灑落的暴力，使得政近在腦中鬼叫要切換成斗M模式，可惜政近的悟道程度無法在這種狀況找出樂趣。

應該說以政近的立場，比起用踢的宣洩怒火，他更希望艾莉莎趕快處理一下歪掉的泳裝。艾莉莎意外成為以雙手代替胸罩的狀態，這副模樣完全令政近眼睛不知道該看哪裡。從下往上看的話，會發現其實沒想像中遮得那麼徹底耶？

「呼，呼，嗚嗚嗚～～……」

「不，那個，對不起。真的很對不起。」

艾莉莎緊咬的牙關縫隙發出不知道是怒吼還是嗚咽的聲音，淚眼汪汪低頭看向政近，政近只能拚命道歉。接著，艾莉莎迅速轉身跑離數步，背對政近蹲下。

「那個，剛才我不是故意……不，嗯。對不起。對不起……」

政近不經意差點辯解，立刻改變主意覺得這麼做很難看，繼續不斷道歉。但他不知道還能說些什麼，視線游移不定。

「……政近同學。」

「啊，有！」

「我要調整泳裝……你向後轉。」

「啊，遵命……」

經過數秒的尷尬沉默之後，艾莉莎像是克制情感般這麼說，使得政近伴隨著強烈罪惡感默默背對艾莉莎，在岩地正坐。說到內心過意不去的原因，當然是因為摸了艾莉莎的……那個部位，不過在實際感受到這件事的現在，內心的興奮居然大於愧疚，這樣的自己令政近更加過意不去。回過神來就會擅自試著回憶剛才的觸感，這顆腦袋真是毫無節操可言。

（喂，真的拜託別這樣。穿海灘褲起反應的話可不是開玩笑的。）

政近以（似乎）殘留著剛才觸感的左手輕敲額頭，拚命想趕走內心的情慾。以疼痛強行制止「那個頗具彈力的觸感可能是……」的下流想法，順便將腦中大喊「揉下去了！揉下去了！一直不敢揉的E罩杯你終於揉下去了！」的小惡魔外型有希捏爛。就在這個時候……

【責任……】

總覺得聽到恐怖的詞。男性聽到女性這麼說會心跳加速（意味深）排行榜第一名的那個詞傳入耳中。以俄語輕聲傳入。而且政近也毫不例外地心跳加速。基於負面的意義。

（責任……直接摸到胸部的責任是什麼？交往就好嗎？表白就好嗎？）

政近在腦中賭氣般大喊，重新出現的小惡魔有希喊著「上了她～～上了她～～」起鬨。因為很煩，所以政近總之把她打扁。

（唔唔～～冷靜下來吧？沒事的。艾莉也不是認真那麼說。我以阿宅模式發言的時候總是說真的嗎？都只是不經意把想到的事開玩笑說出口吧？這是一樣的道理……艾莉也只是不經意把想到的話語就這麼用俄語說出口——）

【負起責任……結婚。】

（就說了冷靜下來啊——！）

具備強大破壞力的詞從背後襲擊，政近不再只是敲額頭，改為握拳壓著太陽穴。

（唔唔～～我要冷靜。這不就意外證明了我剛才的推測吧。以為那個艾莉真的會要求「結婚」嗎？沒錯，這就證明艾莉的俄語是玩笑話……）

【明明至今……沒讓任何人摸過……】

「明明至今」「沒讓任何人」「摸過」。必殺的三連擊一刀刀插入政近心臟，最後是一顆寫著「責任！」的巨大岩石直接打在頭頂，政近被擊沉了。

小雞在腦袋周圍吱吱盤旋的政近腦中，小惡魔有希開心喊著「這是第一次接觸，第一次奶子接觸」張開雙腿擺動。這傢伙真的好煩。難道在設定上會無限出現？

【明明至今……！沒讓任何人看過……！】

好的，這是乘勝追擊。趁著暈眩的時候使出摔技可說是必死連段。像是擠出來般顫抖說出的俄語，使得政近只能抱頭蜷縮。腦中的小惡魔有希捧腹哈哈大笑，但是已經沒有餘力理會。我是隻龜，是不小心爬上陸地的平凡海龜。現在正準備回到大海。

「唉……政，政近同學？」

終於站起來轉身面向政近的艾莉莎，看到政近就這麼蜷曲身體慢吞吞爬向岩地外緣，不禁睜大雙眼。

「等等，你在做什麼？」

「沒有啦……想說稍微淨身一下。」

「你說淨身……啊啊真是的，總之站起來啦，這樣很丟臉！」

即使在奄奄一息的時候被「丟臉」這兩個字鞭屍，政近還是慢慢站了起來。這副冷靜沉穩的模樣，使得艾莉莎眉心同時浮現憤怒與困惑，視線游移數秒之後像是甩掉迷惘般開口：

「啊啊真是的！我也不希望氣氛變得尷尬，所以就說吧……首先，謝謝你救了我……政近同學，你沒受傷嗎？」

「啊啊，嗯……總之，這部分沒問題。」

「……這樣啊，那就好。還有，剛才踢你的腳……也對不起。可是，雖然不是故意的，但你摸了我……我的胸部，所以當然要懲罰對吧？」

「啊，是的。這部分真的……非常抱歉……」

「嗯……那麼，左手伸出來。」

「咦？好的。」

臉紅瞪向這裡的艾莉莎下令之後，政近聽話乖乖伸出左手。然後艾莉莎以左手捧著這隻手，再以右手使勁捏政近的手背。

「嗚！好痛痛痛痛痛！」

「這是！看見我……那裡的懲罰！」

艾莉莎加重力道這麼說完，在最後用力扭轉往上拉，然後釋放政近的手。

「好！這件事到此為止！從今以後彼此不准再在意剛才的事！沒問題吧？」

「啊，遵命……」

「嗯……好了，我們一起回到大家那裡吧。」

艾莉莎輕聲說完，撇頭背對政近踏出腳步。這次她慎重走下岩地前往沙灘。政近也重新拿起釣竿，垂頭喪氣追了過去。

就這樣回到沙灘走了一陣子之後，艾莉莎轉頭瞥向斜後方的政近。看到依然背負著沉重烏雲消沉不已的政近，她有點鬧彆扭般噘嘴。

【不需要……這麼消沉吧？】

忽然聽到這句俄語，政近嚇一跳稍微抬起頭，隨即看見艾莉莎按著自己的胸口，一臉有所不滿般瞥向這裡。

【什麼嘛……有哪裡怪怪的嗎？我的胸部……】

一點都不怪而且非常美妙簡直是一段寶貴的體驗。艾莉小姐的胸部是大到能抓好抓滿的胸部真是不得了。

（嗚哇～～好想死～～～）

自己的大腦在這種時候還冒出這種人渣想法，政近猛烈想要尋死。政近童年時期在周防家被植入的紳士部分，全力逼得政近的良心不得好死。

「～～啊啊真是的！」

看見政近把頭愈垂愈低，艾莉莎不耐煩轉過身來，雙手抱胸瞪向政近。

「我剛才說過不會在意對吧？你卻像這樣忸忸怩怩，對我來說很失禮喔！」

「咦，啊，好的。」

艾莉莎所說「對我來說很失禮」這句話，使得政近像是從睡夢驚醒般迅速抬頭。

「好了！振作起來！」

「是！」

聽到艾莉莎的犀利聲音，政近驟然挺直背脊。艾莉莎以嚴厲眼神點頭回應之後，來到政近身旁一掌拍向他的背。

「好了……我們走吧。」

「好痛……收到。」

艾莉莎莫名像是男子漢的態度，使得政近也忍不住露出笑容，被她瞪了一眼之後連忙辯解。

「啊，沒有啦……我想說艾莉的心胸真是寬大……」

「……哼！」

政近帶著苦笑這麼說完，艾莉莎冷淡撇過頭去，然後玩弄著髮梢輕聲說：

【不過……我要你負起責任。】

（嗯……這是什麼意思？）

聽到艾莉莎突然從男子漢的態度轉為說出純情少女的話語，政近不禁抬頭遠眺夏季天空。

Иногда Аля внезапно кокетничает по-русски

第7話 聽說浮起來了

「啊～～真是舒暢！」

以洗髮精與沐浴乳洗去海水與防曬乳，茅咲發出充滿爽快感的聲音。接著她開心走向浴池，雙腳浸入熱水舒服瞇細雙眼。

「好溫暖……從海裡上岸立刻就能泡澡太棒了～～」

「是啊～～總覺得像是高級度假飯店耶～～」

茅咲泡入應該可以同時容納六人的寬敞浴池，露出幸福至極的表情。瑪利亞也一邊清洗身體一邊同意。這裡是劍崎家別墅裡的浴室，但是和普通浴室不同，除了通往屋內的門還有另一扇通往屋外的門，可以從海灘直接進入浴室。多虧這樣，從海裡上岸之後可以立刻清洗身體，不會苦於鹽分附著在身體導致又癢又不舒服。

「戰鬥之後泡澡是最棒的獎勵對吧……啊～～疲勞飛到九霄雲外了～～」

「哎呀，戰鬥？和水母嗎？」

「不，是兩隻鯊魚。」

「哎呀，真狂野～～」

不過蓮蓬頭只有三個，所以終究不能五人同時洗，必須排隊。其實兩個學姊本來想先讓學妹洗，不過主要是有希推辭說「我們頭髮很長所以比較花時間」，所以茅咲與瑪利亞也心想「她們想到學姊在等的話可能不敢放鬆好好洗」，決定自己先洗。順帶一提，兩個男生已經在這之前早早只沖澡把場所空出來。這方面是以紳士立場貼心對待女生們。

「學姊們，請問可以了嗎？」

「啊，請進～～」

此時有希在通往屋外的門後這麼問，剛好洗完身體的瑪利亞一邊回應一邊空出場所。

「打擾了。」

瑪利亞進入浴池的同時，一年級組的三人進入浴室，然後各自當場脫下泳裝，將脫下來的泳裝放在香皂等物品放置的櫃子上。

「……」

脫下來的繽紛泳裝排列在洗髮精或沐浴乳的瓶子旁邊，有希目不轉睛注視心想。

（總覺得……好色。）

站在這裡的是戴著淑女面具的普通大叔。大叔泰然自若選擇三個蓮蓬頭的中間那個，一邊淋浴一邊斜眼盯著艾莉莎的裸體。

（好猛。）

真是不得了。即使沒脫也不得了，但是脫掉之後更不得了。同性都忍不住偷吞口水的藝術裸體，使得有希的淑女面具差點剝落。

（啊，不行不行。要是看太久，後面的瑪夏學姊與更科學姊可能會察覺。）

有希如此心想，重新面向前方，然後透過鏡子瞥向背後的兩名學姊確認……

（不，那邊也是超猛的。）

兩名學姊映在鏡子裡的裸體，使得有希目不轉睛。該怎麼說……這兩人的肌肉量與脂肪量相加除以二之後應該會剛剛好。兩人都擁有朝著不同方向超乎常人的肉體。

（她們分別是愛情喜劇世界的居民，以及奇幻世界的居民……）

有希隔著鏡子看向瑪利亞的肉感身體與茅咲的結實身體，進行阿宅風格的評價。她將頭髮洗好用毛巾包起來之後，一旁以鯊魚夾固定頭髮的綾乃開口詢問：

「有希大人，在下幫您刷背吧。」

「嗯？不用了啦，綾乃……」

「嗯？有希大人？」

不經意轉過身去，看向綾乃的身體之後……

（啊，總覺得心情平靜下來了。）

有希內心冒出這種想法。

◇

「啊。」

「嗯？」

想上廁所的政近從客廳來到走廊，和剛好走出更衣間的有希與綾乃視線相對。有希隨即迅速掃視周圍，並將手上的塑膠袋塞給綾乃輕聲進行某個指示。被有希授意的綾乃無聲無息移動到客廳門邊觀察室內，接著移動到二樓觀察狀況之後，從樓上以手指比出ＯＫ手勢。有希確認之後，以回復本性的表情咧嘴露出笑容。

「阿哥阿哥阿哥。」

「怎麼了，什麼事？」

有希一邊輕聲呼叫一邊小跑步接近過來，政近即使稍～～微有種不好的預感，還是帶著苦笑豎起耳朵。接著，有希稍微挺直身子向政近打耳語。

「（超猛的，奶子浮起來了。）」

「我就知道是這麼回事！」

正如預料收到沒營養的報告，政近以雙手夾住有希的頭，就這麼握拳按在太陽穴扭轉……還以為是這樣，他卻突然以正經表情低頭看有希。

「順便問一下，是誰的？」

「艾莉同學與瑪夏學姊。而且形狀漂亮到不行。真的是又圓又美的半球嗚啊！」

「我沒叫妳說得這麼詳細。」

「痛痛痛！只聽你想聽的太不講理了！」

被政近以手掌下緣當成虎頭鉗般從兩側緊緊夾住太陽穴，有希發出哀號。

「真是的，妳這個傢伙……」

壓迫妹妹頭部約五秒之後，政近掛著傻眼表情鬆手。有希隨即揉著太陽穴忿恨不平地開口：

「痛死我了……因為那幅光景太精彩了，我想分享這份感動。」

「居然說精彩……雖然我這麼說不太對，不過在校外教學之類的場合，也有機會看見類似的光景吧？」

「不，話是這麼說沒錯……但是果然，該怎麼說……那個，體型就是不一樣。和道地的日本人不一樣。雖然很難形容，嗯，但總之不一樣。」
「單純只是妳們兩個太瘦了吧？不對，這我不知道。」
「要說瘦，她們兩人也一樣……不過她們兩人啊，雖然腰這麼細，屁股卻很翹。明明很大卻完全沒下垂……骨盆果然和日本人不一樣吧。」
「我不知道我不知道。」
被政近低頭賞以白眼，有希忽然以感慨的眼神看向毫不相干的遠方。
「爺爺說過喔……會浮在水面的奶子才是真正的巨乳。」
「那個色老頭對孫女灌輸這什麼觀念？」
「爺爺還說，看不見髮旋的頭髮以及躺下去不會變形的奶子都是假的。」
「這種不要知道會比較好的知識是怎樣……」
「咕嘿嘿，老爺您放心，她們兩人無疑是珍貴的純天然無添加哦？我保證。」
「不，這部分我不在意啊？」
「真的嗎～～？哎，雖然形狀漂亮到令我懷疑實際上是不是假的……不過那種搖晃的方式與那種質感肯定是真的。看起來超軟的。」
「其實妳上輩子是中年大叔吧？」
有希以莫名正經的表情用力豎起大拇指，政近賞她白眼如此吐槽，同時心想「確實……」同意這個說法。實際上，政近剛才就親身體驗到多麼柔軟。

（呃，不妙不妙。）

忍不住差點想起剛才的那段風波，政近連忙封閉這個念頭。不過為時已晚，過於敏銳摸透哥哥想法的妹妹「嗯～～？」投以質疑眼神。

「……話說阿哥，你和艾莉同學發生了什麼事？」

「……妳在問什麼？」

直指核心的這個問題，使得政近拚命佯裝平靜歪過腦袋。接著有希雙手抱胸，露出了然於心的表情點頭。

「身穿泳裝的孤男寡女待在海灘旁邊的岩石後方，不可能沒發生任何事。」

「妳想像中的事連一件都沒發生啊？說起來那裡雖然是岩地，卻沒岩石能躲。」

「喔？也就是說，發生了其他的事——」

「並沒有並沒有。」

哥哥搶話般否定，有希繼續投以完全是看好戲的眼神，卻意外地只說「這樣啊」就很乾脆地收手。

「話說回來，有一個好消息要告訴阿哥。」

「啊？」

「現在，浴室裡只剩下艾莉同學一個人。」
「我沒要偷看啊？」
「我沒要叫你看啊？」
聽到哥哥搶先拒絕偷窺，有希扠腰露出遺憾表情。
「真是的，你把我當成什麼人了？」
「當成我最愛的妹妹。」
「死相，人家也愛你喔♡」
「這是秒墜情網的兩格漫畫嗎？」
妹妹頓時發出嬌滴滴的聲音抱過來，政近將她推開，一臉疲憊催她說下去。
「所以？」
「唔……總之，說來簡單。」
接著，有希把原本就很小的音量壓得更小，右手放在嘴邊向政近低語。
「（剛出浴的艾莉同學，你不想看嗎？）」
「！」
「（微微泛紅的肌膚，飽含水氣的秀髮，你不想看嗎？）」
有希如同惡魔般輕聲說完，不等回應就離開政近，在經過政近身邊時輕拍肩膀。

「總之，隨便你吧。我會去應付會長，並且派綾乃應付瑪夏學姊與更科學姊。這裡暫時不會有人來。至於該怎麼做……就是兄長閣下的自由了。」

有希留下這段話，接著便快步進入客廳。看向二樓，綾乃也正要進入瑪利亞與茅咲住的房間。

「……」

政近目送兩人之後呆站在原地數秒，總之先按照預定前往廁所。

（受不了，有希的阿宅腦真令人頭痛……）

一邊上廁所，一邊暗自對於妹妹在這種時候也想回收事件的阿宅腦嘆氣。

（就算像這樣準備妥當，我也不能說『那我就不客氣了』照做吧？青春期的男生很害羞耶？被這麼明顯做球，只會回答『我……我可沒興趣！』逞強喔。）

洗完手之後，政近一邊走上二樓，一邊無奈搖頭。

（不過啊……）

然後在走上階梯之後停下腳步，掛著正經表情轉身。

（身為阿宅，被觸發的事件一定要回收！）

政近躲在樓上，企圖在艾莉莎上樓的時候營造出「喔，這麼巧遇見妳」的場面。這也在所難免，政近不只是青春期男生更是御宅族男生，所以這也在所難免！

◇

「為什麼……咦，為什麼？」

另一方面，在這個時候，出浴的艾莉莎獨自在更衣間被困惑與焦躁襲擊。

更衣間沒那麼大，加上吹風機只有一台，所以女生們出浴的時候也是一次兩人輪流出浴。平常就洗得比較久的艾莉莎決定自己留到最後，先讓有希與綾乃出浴……卻在走出浴室擦乾身體要穿衣服的時候愕然失色。

去海邊之前，放進塑膠袋拿到更衣間的換洗衣物，其中居然沒有內衣與內褲。明明上衣與短褲就有放在裡面。

「咦？我有拿來吧？肯定有拿來吧？」

即使反覆搜尋記憶，也確定自己有把內衣褲放進塑膠袋。然而實際上，現在塑膠袋裡沒有內衣褲。面對不可能發生的事態，艾莉莎覺得或許是掉到哪裡去了，抱著一絲希望在更衣間尋找，但是找遍各處都沒看見內衣褲。

「不會吧……我忘記拿來嗎？還是說……掉在走過來的路上？不可能……」

艾莉莎判斷應該是自己出錯，就這麼包著浴巾抱頭……看她沒想過可能是某人惡作劇拿走，就看得出她為人多麼善良。只不過，艾莉莎不知道某人的本性，而且即使冒出這種想法也會主動消除吧。

「……怎麼辦？」

下半身的話還好。只要忍受稍微不舒服的感覺就好。但是……上半身確實會浮現兩點。沒穿內衣的話絕對會浮現。雖然只要十秒就能回房，不過要是在這段時間被別人發現……尤其被兩個男生看見的話就只能一死了之。

（……雖然剛剛才被政近同學看見……！呃！）

艾莉莎連帶回想起先前的意外，臉頰頓時發燙。

「嗚嗚嗚〜〜」

抱頭的雙手改為掩面，指縫用力夾住瀏海。雖然已經要求政近本人別在意，艾莉莎自己也努力不去意識這件事……然而一旦想起來就沒轍了。

艾莉莎的自我防衛很強。從世間一般的基準來看，強得即使被說潔癖也不奇怪。對於拒絕依賴別人，把獨來獨往視為一種驕傲的艾莉莎來說，將自己委身於他人等同於敗北。交男友更是不在話下。光是想像自己向某人撒嬌、諂媚或博取青睞的模樣就會起雞皮疙瘩。

雖然最近多少比較緩和，但她直到短短大約一年前都是認真這麼想。正因如此，所以她不讓任何人有機可乘，堅定拒絕所有抱著泡妞心態接近的男生……但也因為貫徹這種立場，才會覺得以俄語刻意向異性展現可乘之機是前所未有的刺激行為而有點上癮，這部分暫且不提。

總之，對於這種輕佻的傢伙，艾莉莎連一根頭髮都不會讓對方摸，實際上要是對方裝熟即將摸到，她就會毫不留情撥開對方的手，繼續糾纏下去的話甚至會賞對方耳光。簡直像是真正的公主大人一樣架起堅固的防衛網。可是……

「唔咿～～嗚咿～～……」

被摸了。應該說被大把抓了。抓了胸部。而且是直接抓。最後還被看光光了。話說現在冷靜想想就發現，不只是裸露的腹部被緊抱，當時整個人還坐在政近腿上。這麼一來只能結婚了，只能要求他以一輩子負起責任。

「呼，呼……那是意外。那是意外……」

艾莉莎將自己頻頻主張要結婚的貞操觀念封鎖，像是念咒般反覆對自己這麼說，不過即使是意外，這也確實是不能原諒的行為。如果是被素昧平生的男性這麼做，她很想一直把對方揍到失憶，再把腦袋撞向地面直到自己失憶。

不能原諒。明明不能原諒……艾莉莎當時卻差點委身在政近的懷抱。環抱腹部的手臂好強壯，背部感覺到的身體又硬又大，使得她心跳失控……無法好好呼吸。她倒地之後暫時動不了就是這個原因。無預警從身後被緊抱，總覺得有一股安心感——

「——不對！」

艾莉莎出言否定自己的想法。居然差點將自己交付給做出那種行為的傢伙，這是不可能的事。只是稍微被搭救，心臟居然就用力跳成那樣，這是不可能的事。又不是瑪利亞最喜歡的少女漫畫主角。自己並不是那種光是被男生搭救就輕易動情，公主個性根深柢固的弱女子。

那只是因為遭遇出乎預料的事件而混亂。只是因為混亂導致身體當機，內心運作出錯。一定是這樣沒錯。

「……果然不該原諒嗎？」

思考到一半，總覺得身為女性的尊嚴與驕傲嚴重受創，艾莉莎認真開始檢討是否要收回前言，（以物理方式）處理政近的記憶。

不過，這一切都要等到脫離這個困境。是的，狀況完全沒變。沒有內衣褲的這個危機狀況沒變。

「……」

艾莉莎以這份危機意識暫時重置大腦，再度開始思考現在該怎麼做。

最安全的方法是在其他女生經過的時候搭話，請對方幫忙拿內衣褲過來。這麼一來，被別人看見自己沒穿內衣的危險性就會消失，不過這麼做在某方面來說相當難為情。肯定會成為蠢到不行的黑歷史。而且被拜託這種事的對方也很為難吧。

既然這樣……應該承受風險，一口氣衝回房間嗎？

（現在這個時間，有希同學與君嶋同學應該在房間？不在的話，我當場換穿衣物就好，在的話……就拿著內衣褲去廁所穿上？雖然很難……但是只能這麼做了。）

無論如何已經沒時間了。要是在這裡待太久，或許有人會覺得奇怪前來察看。所以……

「……好！」

艾莉莎下定決心，就這樣直接只穿上衣與短褲，迅速弄乾頭髮，然後將浴巾與泳裝收進塑膠袋。

「……用這個遮住胸部就好吧？」

艾莉莎忽然想到這個點子，以雙手抱住塑膠袋。但是這怎麼看都不自然。不然只拿出浴巾吧……雖然她也這麼想過，不過透過塑膠袋看得見裡面的泳裝，總覺得有點不好意思。說起來，她本來就不想把溼浴巾抱在胸前。是的，只是這個原因。絕對不是暴露狂的癖好在現實世界萌芽。絕對不是。

「……沒問題。只要在沒被任何人看見之前回到房間就好。」

艾莉莎輕聲說完，將塑膠袋提在右手，輕輕拉開門觀察門外的狀況。看向走廊兩側確定完全沒人。然後她聽到客廳隱約傳來統也與有希的說話聲，在內心振臂握拳。

（好！既然有希同學在客廳，君嶋同學肯定也和她在一起！而且會長在的話就表示政近同學也……嗯，行得通！）

最大的懸念消失，為此感到喜悅的艾莉莎迅速衝出更衣間，一邊祈禱沒人從客廳出現，一邊踏上通往二樓的階梯——

「喔，艾莉，方便借點時間嗎？」

樓上傳來的這個聲音，使得艾莉莎腦袋一片空白。

◇

「嗯？艾莉，怎麼了嗎？」

「沒……事。」

政近不經意表現出「我現在剛好經過」的感覺，朝階梯踏出腳步時……艾莉莎看似心神不寧的態度令他覺得不對勁。艾莉莎的視線朝著斜下方匆忙游移，像是靜不下心般以手玩弄裝著浴巾的塑膠袋。

艾莉莎身上是素色上衣加上樸素短褲，某些人穿上這種打扮看起來會很懶散，穿在艾莉莎身上卻令人神奇地覺得時尚。可說是毫不矯飾的帥氣風格嗎？

（美女真的很作弊……）

對此深有所感的政近，看見艾莉莎似乎很在意某些事，在覺得疑惑的同時走下階梯

——

（嗯？）

不經意看著艾莉莎玩弄塑膠袋的政近將視線上移，頓時停下腳步。他皺起眉頭看第二次，看第三次……就這麼靜靜讓視線逃到上空，然後在腦中用力大喊。

（這傢伙為什麼沒穿內衣啊啊啊——！）

瞬間，妹妹的「啾咪」表情浮現在腦海。政近毫無根據就確信有希是犯人。

（老妹喔喔喔喔——！）

然後，有希剛才所說「因為那幅光景太精彩了，我想分享這份感動」這段話在腦海復甦。

（分享的方式錯了！）

政近就這麼讓視線朝上，咬緊牙關在腦中放聲怒罵。看見這樣的政近，艾莉莎似乎也察覺他發現了。

「你來一下。」

「咦？唔喔？」

突然被抓住手不斷往二樓拉，政近一邊踏步一邊跟在艾莉莎身後。然後他被帶進一年級女生住的房間。

「躺在那裡。」

「啊？」

「先別問！」

「是！」

室內隱約洋溢男生止步的氣氛，政近感覺不太自在，但是聽到艾莉莎厲聲下令指向床鋪，政近肩膀一顫，戰戰兢兢爬上床。政近小心翼翼仰躺在床上之後，響起一聲「喀喳」的鎖門聲。

「艾……艾莉小姐？」

「……」

政近只抬起頭，向站在門前的艾莉莎發問，艾莉莎卻沒有回應，轉過身來以右手遮住胸部慢慢走過來。然後她默默上床，居然跨坐在政近的腹部。

「喔……喔喔？」

「……」

上鎖的密室。床上的一男一女。只聽這兩句話總覺得是香豔的場景，但是低頭的艾莉莎身披險惡氣息，政近的心臟沒加速跳動反而收縮。

「政近同學……」

「啊，有。」

此時艾莉莎終於開口，低著的頭慢慢抬起……不知為何散發危險氣氛，露出半笑不笑的表情。整張臉染紅的她，以發直的雙眼俯視政近，只有嘴角掛著僵硬的笑。

（啊，總覺得似曾相識。）

政近稍微逃避現實冒出「不久之前才發生過同樣的事」這個想法，艾莉莎發出不規則的呼吸聲開口：

「對不起，我要先道歉。」

「請……請問是什麼事——」

「我知道。我知道哦？你沒有錯……嗯，這我知道。可是……我這份無法克制的情感，可以請你讓我宣洩嗎？」

正如自己所說，艾莉莎像是無法克制情感滿溢而出般以顫抖的聲音說完，政近一瞬間仰望上空……做好心理準備。

「好，交給我吧……因為我們是搭檔。」（順便說明一下，這也是我那個笨妹妹害的。）

政近在內心補充這句話，並且豎起大拇指，然後艾莉莎輕聲說「謝謝」……

「唔噗……」

「哼！」

政近的視野突然被枕頭覆蓋……在如此心想的下一瞬間，隨著克制音量的怒聲，一陣衝擊隔著枕頭傳來。

「呼，哼！」

接下來也第二次，第三次連續傳來衝擊。看來是隔著枕頭以手掌拍打。但是……

（……不怎麼痛。）

相較於傳來的聲音，拍打的衝擊沒什麼力道。大概因為這是別人家的枕頭所以手下留情吧。不只如此，拍打的位置根本就避開政近的臉。準心絕妙地朝著兩側偏移，所以雖然有衝擊卻幾乎不會痛。

「可惡，哼！」

「……」

而且等到習慣之後……注意力反而集中到艾莉莎跨坐在肚子上的臀部觸感。

（這，這是……什麼玩法？）

艾莉莎每次揮下手掌，軟軟的部位就在政近肚子上前後左右搖動，政近總覺得開始想入非非。經常有人說視野被封閉會讓其他知覺變得敏銳，看來這是真的。政近在枕頭下方咬牙忍受著艾莉莎在他肚子上扭動的臀部觸感，以及聽起來莫名耐人尋味的床鋪軋轢聲。

（唔喔喔喔喔——！拜託快點結束吧——！）

基於和痛楚完全不同的理由，政近祈禱盡快從這場拷問解脫。不知道這個願望是否上達天聽，數秒後，襲擊枕頭的衝擊平息，室內只響起艾莉莎氣喘吁吁的呼吸聲。

短暫的沉默。政近放空的這段時間，感覺得到艾莉莎似乎成功控制情感，在讓床鋪軋軋作響的同時站起來下床。即使如此，政近依然動也不動，艾莉莎大概是基於擔心，在床邊小心翼翼搭話：

「那個……政近同學？你還好嗎？」

「……不，我很好啊？」

不同於艾莉莎的猜測，基於另一種意義來說不太好的政近，以克制各種情感的聲音回答。接著，大概是認為做得太過火了，感覺得到艾莉莎尷尬搖晃身體。然後……

（嗯？）

政近的鼻子部位隔著枕頭被輕輕按壓，沒體驗過的觸感令他在內心歪過腦袋。

【對不起。】

不過，這隻手（？）立刻移開，枕頭隨著這句俄語呢喃被拿走。刺激眼睛的光線引得政近別過頭去，緩緩起身。然後他一邊眨眼一邊看向艾莉莎，發現艾莉莎掛著尷尬表情將枕頭抱在胸前。

「那個，對不起……我沒事了。」

「啊，啊啊……總之，妳消氣就好。不，那個，該怎麼說……我完全不痛，所以別在意吧？」

「這……這樣啊……」

「啊……嗯。那我出去了……我不會在意了，所以艾莉妳也別太在意哦？」

「……好的。」

艾莉莎不自在般搖晃身體，政近貼心決定趕快離開房間。他解開門鎖，頭也不回就來到走廊。

「呼……」

手伸到後方關門，心想「總覺得突然好累……」吐出一口氣的時候……政近感覺旁邊有視線，反射性地看向該處。

「啊……」

「嗯？更科學姊？怎麼了嗎？」

此時，政近和隔壁房間稍微探出頭的茅咲四目相對，歪過腦袋。茅咲隨即將視線移到上方游移，露出半笑不笑的為難表情開口：

「沒有啦，那個……總覺得聲音有點……懂了嗎？」

「聲音……？」

茅咲這段話引得政近皺眉……然後恍然大悟。

床鋪的軋轢聲。艾莉莎像是在壓抑情感的聲音。以及……在這些聲音靜止之後，從上鎖房間走出來的男性。

「不是這樣啦！」

政近察覺到自己被誤會了什麼事，半哀號般否定。然而剛才是在床上被艾莉莎跨坐在肚子隔著枕頭毆打，頗為莫名其妙的這種真相，政近無法好好說明……只能讓疲憊的大腦全力運轉，思考如何解除茅咲的誤會。

◇

「艾莉～～？我要進去了哦～～？」

政近拚命向茅咲解釋的時候，瑪利亞悄悄溜出房間，造訪隔壁的一年級女生房。

不等回應開門一看，艾莉莎在室內抱著枕頭，蜷縮身體躺在床上。

「哎呀哎呀，怎麼了～～？……發生了什麼事？」

瑪利亞一邊詢問一邊坐在床邊，不過艾莉莎就這麼靜靜把臉埋在枕頭，一句話都沒回應。瑪利亞對此發出「唔～～」的聲音，再度發問：

「久世學弟對妳做了什麼嗎？」

「……」

對此，艾莉莎也沒回答。只像是「我不想說」般稍微別過頭。

瑪利亞見狀露出稍微嚴肅的表情，用力握緊雙手。

「……如果被毛手毛腳就說出來吧？我會好好訓他一頓！」

「……不是。」

大概是覺得這樣下去會害得政近遭受不講理的斥責，此時艾莉莎終於回答：

「政近同學沒做錯任何事……只是……」

「只是什麼？」

「……」

「嗯？」

艾莉莎抬頭瞥向溫柔催促的姊姊，然後移開視線輕聲回答：

「只是……因為一點意外，所以被他看見不好意思的地方。」

這個回答非常抽象，但是瑪利亞隱約察覺這句「不好意思的地方」不是出糗之類的意思，而是「對於女性來說」不好意思的地方。察覺之後，瑪利亞刻意以開朗語氣開口說道：

「這樣啊，因為意外……那不是很好嗎？還好對方是久世學弟！」

「咦……？」

「因為既然是意外，別人也可能成為當事人吧？對方真的也可能是會長吧？」

瑪利亞這麼說的瞬間，艾莉莎的臉因為露骨的厭惡感而扭曲。妹妹如此好懂的反應引得瑪利亞內心稍微發笑，繼續說下去：

「或者說，對方也可能是完全不認識的人……從這一點來看，既然對方是交情最好的男生，那就是不幸中的大幸吧？」

「居然說交情最好……哪有。」

「咦？你們交情很好吧？」

「這……只是因為剛好沒有其他交情好的男生……」

艾莉莎將嘴巴埋進枕頭含糊說完，瑪利亞溫柔搭話：

「即使如此，也肯定是妳最信任的男生吧？」

「……」

「那不是很好嗎？而且姊姊認為久世學弟這個男生很貼心，不會做妳真正討厭的事情喔～」

「……這種程度的事，我知道啦。」

瑪利亞像是早已知悉的這種說法，使得艾莉莎看起來有點不耐煩般終於起身，然後瞪向瑪利亞。

「話說在前面，不要胡思亂想哦？我信任政近同學，把他當成朋友，但是沒發生任何更進一步的事。」

「哎呀，是嗎～？」

「是的。所以拜託千萬不要擅自想入非非。光是媽媽那麼莫名興奮就已經有夠煩了……」

「啊啊，是在三方面談的時候見到久世學弟吧。總覺得媽媽很高興看見妳交到異性朋友耶。」

「真的，在暑假期間也是，每次看我去政近同學家都笑咪咪的……明明只是在寫作業。」

「唔唔～～……可是，妳是單獨去男生家和他開讀書會吧？一般來說除非感情非常好，否則我覺得不會做這種事……」

「那是……！……那個，因為我至今不曾和男生要好，所以不太懂得怎麼拿捏距離感……」

艾莉莎愈說愈小聲並且移開視線，瑪利亞露出開心的笑容。

「艾莉真可愛。」

「唔，這是怎樣？」

「艾莉，妳要一直維持現在這樣哦～～？真是的，就算是久世同學，我也不會把妳交給他！」

「慢著，妳好煩！」

瑪利亞張開雙手想要抱過來，艾莉莎以枕頭當盾牌推開。瑪利亞因而滑下床，退後好幾步之後鼓起臉頰。

「真是的，我覺得艾莉應該多多和姊姊進行肌膚之親才對。」

「我才不要。又不是小孩子。」

「即使不是小孩子，肌膚之親也很重要啊？」

「打招呼的時候就有親臉頰吧？這不就夠了？」

「唔～～！」

瑪利亞不滿般瞪向艾莉莎，但是艾莉莎就這麼冷淡看著旁邊。數秒之後，瑪利亞像是鬧彆扭般轉過頭去，快步走向房門。

「不理妳了，算了算了。我要去找久世學弟安慰我。」

「……請自便吧？」

「好～～我會自便～～」

即使瑪利亞像是故意說給艾莉莎聽，艾莉莎也只有眉頭一顫冷言冷語。瑪利亞幼稚般頂嘴之後離開房間。

然後，瑪利亞在空無一人的走廊，隔著房門輕聲說。

「……我真的要去找他安慰我哦？」

瑪利亞說完轉身向後露出的表情，成熟得和剛才截然不同，是一張略顯憂愁的表情。但她輕輕嘆口氣，然後立刻露出開朗的笑容，打開自己房間的門。

「這……這種事啊，其實沒關係啊？你不需要勉強說謊隱瞞……」

「不，所以說我不是要隱瞞——」

「茅咲～～？妳還要莫名其妙誤會多久呢～～？艾莉也說沒發生任何事啊？受不

了，茅咲妳真的好色。」

「什……什麼？為什麼說我好色？」

瑪利亞掛著一如往常的笑容，出面為學弟打圓場。

第8話　另類的起床整人大作戰？

「久世學弟，等一下等一下。」

睡前刷完牙的政近要回到房間的途中，被瑪利亞出聲叫住。轉頭一看，瑪利亞從她和茅咲住的兩人房稍微探出頭向政近招手。

「嗯？什麼事？」

「唔……總之，先進房吧？」

「咦，可是……」

進入女性的兩人房不太好吧……政近還沒說完，房門就打開了。眼前所見的室內構造，和政近與統也的房間沒什麼兩樣。兩側各一張大床，正前方是窗戶，窗戶前面擺著一張小桌子與兩張椅子。

「好啦，進來吧進來吧。」

「這樣啊……」

不知為何沒看見應該在房內的茅咲，對此歪過腦袋感到納悶的政近，就這麼被瑪利亞招手踏入室內。此時……

「！」

晾在室內的兩套泳裝映入眼簾，政近連忙移開視線，接著，移動視線之後看見的瑪利亞令他稍微向後仰。

（完全是睡衣吧！）

而且是夏季用的薄睡衣。光看就很單薄的粉紅色睡衣，清楚浮現瑪利亞窈窕的身體曲線。雖然沒有裸露，但是毫無防備的居家服裝，和白天看見的泳裝屬於不同方向的性感。

（應該說，這種衣服只能讓家人或男友看見吧？）

政近忍不住看著似乎有點撐緊的胸部如此思考時，瑪利亞將雙手放在胸口上方，不自在般搖晃身體。

「不……不要一直看啦～～」

「對……對不起！」

雖說幾乎是下意識注視，終究對女性太冒昧又沒禮貌了。政近在覺得羞恥的同時連忙抬起視線，瑪利亞有點不好意思般靦腆開口：

「我……我平常在家裡都會穿晚安內衣哦？可是，今天我不小心忘記帶來參加集訓……」

「……」

沒人在問這種問題。也沒在意這種事。應該說，希望妳不要隨口爆料自己沒穿內衣。這邊沒聽妳說就根本不會發現！為什麼和妳妹不一樣，在這部分這麼開放？

（果然，該怎麼說……有點脫線。）

政近繼續移動視線逃往上方，感慨這麼心想。然後，他將瑪利亞的頭頂收在視野一角並且發問。

「所以有什麼事？」

「那個……我想讓茅咲與會長有單獨相處的機會。」

「嗯？……啊啊～～」

政近在這時候察覺了。茅咲她……正在原本預定給政近與統也睡的房間。

「原～來如此，是這麼回事啊……」

確實，難得旅行來到別墅，情侶自然而然會想要擁有兩人獨處的時間吧。既然這樣，政近也不想做出妨礙兩人的不識趣舉動。

「我知道了。那我去睡樓下的沙發……」

茅咲究竟想睡在統也房間還是回到這個房間睡？政近不知道也不想追究。這麼做就真的不解風情了。

正因如此，這時候改成睡在樓下客廳，貫徹「我知道兩位晚上在聊天，但是完全不知道後來發生什麼事」的立場，這才是身為紳士，身為貼心學弟的做法吧。政近如此心想。

「為什麼？睡這裡不就好了？」

「一點都不好吧？」

但是學姊若無其事說出天大的提案，政近忍不住正色吐槽。

「不是情侶的年輕男女睡在同一個房間，怎麼想都有問題吧？瑪夏小姐的名譽會受損吧。」

「我並不在意啊～～？」

「我會在意。」

政近不開玩笑，正經八百如此斷言，瑪利亞睜大眼睛眨了眨，露出溫柔的微笑。

「呵呵，既然你會這樣在意就沒問題喔～～放心吧？我也不會對無法信任的男生這麼提案。」

隨著純真笑容表達的純粹信賴，使得政近瞬間語塞。此時瑪利亞表情稍微變得正經，筆直豎起食指說下去：

「而，且，啊……如果你睡客廳這件事被其他孩子知道，茅咲的密會就會被大家發現吧～～？我覺得這麼一來，茅咲終究也會不好意思。而且被所有學弟妹顧慮的話也很尷尬吧？」

「唔……」

「就算沒被發現，要是你因而感冒，或是沒睡好無法享受隔天的活動，他們兩人都會心想『都是我們害的』過意不去吧？所以別在意我，好好上床睡覺吧？」

「……」

不像是平常溫柔療癒系學姊的完美口才與強勢態度，使得政近無話可說。即使如此，政近基於自身的道德觀還是猶豫是否答應，瑪利亞隨即擺出前傾姿勢，從下方窺視政近。

「久世學弟。」

「嗯？有。」

瑪利亞輕輕將手指放在揚起眉毛的政近胸口，像是「別讓我說得這麼明」一般稍微加重語氣開口：

「我說啊，你已經在這個房間睡著了。只要有這個藉口，茅咲就可以光明正大住在會長的房間哦？懂嗎？」

「！」

聽到瑪利亞這段話，政近驚訝睜大雙眼。如果真的關心那對情侶，就要斷絕退路藉以助攻。瑪利亞說的是這個意思。從來沒想過的這個點子，使得政近不由得點頭接受……

「……不對。不對不對不對。」

政近立刻想起重大的事實，原本要點頭卻改成用力搖頭。

「確實是這樣沒錯！……可是瑪夏小姐，妳不是有男友嗎？終究不能讓名花有主的女性做出會被懷疑花心的事情。」

政近以「瑪利亞有男友」這個理由試著拒絕這個提案。接著，瑪利亞慢慢站直，向政近說聲「等我一下」，走向進門右手邊的床。她拿起放在枕頭上的手機進行某些操作，然後遞給政近。

「來，你看這個。」

「……？」

遞出的手機畫面，顯示瑪利亞緊抱著巨大熊布偶的照片。

「嗯？這是很大的布偶對吧？」

政近歪過腦袋思考這是怎麼回事時，瑪利亞指著照片裡的布偶開口：

「為你介紹，這是我的男友，薩繆爾三世！」

「………………啊？」

瑪利亞的意外發言，使得政近發出錯愕的聲音。然後他花了數秒認知事態，忍不住按著額頭。

「唔唔？唔唔唔？換句話說，妳說有男友是騙人的嗎……？」

「唔～總之，就是這樣吧？所以久世學弟沒什麼好擔心的哦～？」

「……這樣啊。」

突然被灌輸的情報有點過於震撼，來不及思考。看到政近感到混亂愣在原地，瑪利亞輕輕露出笑容，坐在窗邊的椅子向他招手。

「那個……抱歉打擾了？」

「嗯，歡迎～」

為了解決在腦海盤旋的疑問，政近就這麼接受瑪利亞的邀請坐下，並且在稍微整理思緒之後直接發問：

「那個，換句話說……妳假裝自己有男友，當成拒絕男生們搭訕追求的藉口……我可以這樣理解嗎？」

對於政近的推測……瑪利亞沒回答，看向窗外。

「星星好漂亮耶～～」

「咦，啊啊……說得也是？」

「大概是因為空氣很乾淨吧，看得見好多星星耶～～」

「呃，應該吧……」

聽到瑪利亞這麼說，政近也看向窗外的星空。經過短暫的沉默之後，瑪利亞輕聲開口：

「我想，我在尋找我的真命天子。」

這句話引得政近轉頭看向瑪利亞，但她依然就這麼仰望窗外，連看都不看政近一眼，輕聲說下去：

「打從心底喜歡……想要奉獻自己的一切，一輩子陪伴在身旁的對象。我覺得可以像這樣心心相印的對象肯定存在。」

「……妳的意思是說，在校內搭訕追求妳的男生們，都不是真命天子？」

「唔……總之，應該吧。」

「這又是為什麼？」

「因為……如果是真命天子，肯定一看就知道。」

在心想「總覺得她開始說起很驚人的事？」的政近面前，瑪利亞輕輕閉上雙眼，將手放在自己胸口。

「因為是真命天子……所以我相信一定會遇見。」

這個動作隱約像是在祈禱。政近內心冷靜的一面心想「學姊真的是腦袋裡開滿小花……不對，應該說是少女漫畫腦」露出苦笑。然而……看著如同虔誠聖女的這張表情，政近實在不想出言消遣。

「這樣啊……如果將來可以遇見就好了。」

到最後，政近不經意說出這個不痛不癢的感想，瑪利亞朝他露出清澈笑容。充滿成熟氣息的笑容與溫柔的眼神，使得政近倒抽一口氣。此時，瑪利亞忽然放鬆表情，稍微歪過腦袋開口：

「久世同學你呢？」

「咦？」

「你之前在電車上說過吧？你說小時候喜歡過一個孩子，但現在不想談戀愛。」

「啊啊……嗯，算是吧……」

「這是為什麼？」

踏入內心深處的這個問題，令政近嘴角扭曲苦笑。他一如往常以這種方式想隨口敷衍帶過……不過瑪利亞像是原諒一切……包容一切的那雙眼睛，使他自然收起表情。

「……我父母離婚了。」

回過神來，政近已經開始述說了。說出至今……不曾對任何人說的內心傷痛。

「喜歡上對方……彼此相愛，還生了孩子……最後卻懷抱厭惡與逃避而分開……明明肯定深愛著彼此才對。」

母親責罵父親的聲音在腦中甦醒。搔抓大腦般的不悅幻聽，使得政近反射性地板起臉。

「究竟是對什麼事這麼不高興？父親確實經常因為工作不在家……但他總是很溫柔，而且不惜放棄自己的夢想，為母親盡心盡力……母親卻老是對父親生氣。」

應該有注意避免被孩子們看見。但是從小就很聰明的政近，即使不願意也察覺到父母不合。

為什麼母親對父親那麼凶？父親做了什麼嗎？政近對此一直抱持疑問，但是母親在他面前總是很溫柔，他無法對母親說出這個疑問……然而在那一天，被母親那樣大喊的瞬間，政近察覺了。母親她……會以不講理的憎恨回報周圍傾注的愛情，是這種無藥可救的人。

「無聊透頂……」

政近回過神來的時候，發現自己惡狠狠地扔下這句話。他連忙閉上嘴，但是瑪利亞沒受驚也沒皺眉，依然維持包容一切般的眼神歪過腦袋。

「無聊？什麼事情無聊？」

「……戀愛。」

不知道是被這雙眼神催促，還是內心覺得煩躁，政近嘲諷般揚起嘴角，像是決堤般吐出剛才差點吞下肚的話語。

「一直喜歡一個人，終究是不可能的事情。再怎麼努力，再怎麼盡心盡力，只要情感降溫就完了吧？情感只要降溫一次，再怎麼做都無法回復熱度。居然對這種事情認真，我打從心底覺得無聊透頂。」

政近順勢斬釘截鐵說到這裡，忽然想到現在這段發言簡直是正面否定瑪利亞剛才表現的戀愛觀。他心想自己失言，就這麼將視線固定在地面僵住身體之後，瑪利亞從椅子起身……輕輕以雙手環抱他的肩膀。

瑪利亞柔軟頭髮輕觸臉頰的觸感，以及溫柔摸頭的觸感……令政近睜大雙眼。

「沒事……沒事的。」

「……」

政近突然被擁抱而繃緊身體，瑪利亞以溫柔語氣向他開口：

「你一直很喜歡吧……喜歡母親。」

「！」

「至今也很喜歡吧……喜歡父親。」

「……」

面對這個溫柔至極的聲音……不可能任憑情感驅使出言反駁。政近默默任憑自己被瑪利亞擁入懷中。

「沒事的……恨得這麼深，反過來說就是愛得這麼深。所以沒事的。」

「……」

「因為久世學弟，你是可以好好喜歡上別人的人。」

瑪利亞無比溫柔說出的這句話，驚人地平順進入政近內心。摸頭的這隻手，彷彿溫柔撫摸著封閉在內心深處……幼年時期的周防政近。

「為什……麼……」

為什麼說出這麼切中核心的話語？為什麼這個人的手……能夠如此軟化我的心？

回想起來，那時候也是這樣。那時候……在黃昏時分的走廊，自己一邊被摸頭，一邊被稱讚好努力，被稱讚了不起，獲得了認同。這是政近小時候……希望母親對他說的話語，希望母親對他做的事。

政近不記得自己說過這件事。何況直到現在甚至沒有這份自覺。但是這個人……像是理所當然般回應了政近自己都沒察覺的內心吶喊。

「為什麼……這麼理解我？」

「嗯～～？呵呵，你說呢，這是為什麼？」

對於政近過於率直的這個問題，瑪利亞輕盈迴避。然後她就這麼緊抱著政近的肩膀，像是安撫幼童般輕輕拍背。

「那……那個……」

「可以多多撒嬌喔～～久世學弟。你可以多多向別人撒嬌。」

「……」

「你之前說過吧？說你很疼自己。」

「咦，啊啊……是的。」

「既然這樣，你就更疼自己一點吧？可以對自己好一點……多寵愛自己一點。我准你這麼做。」

聽到這句話的瞬間，不知為何……情感還沒追上，政近就這麼潸然淚下。

（咦，啊？唔哇，這是怎樣？）

和自己混亂的內心相反，淚水接連奪眶而出。

（為什麼——有夠遜的，這是騙人的吧，喂！）

即使嘲笑著被學姊緊抱而丟臉掉淚的自己，也止不住一度流出的淚水。

（這是怎樣……我太噁心了吧……！）

政近咬緊牙關試著忍住淚水，瑪利亞以雙手抱住他的頭，默默把他的臉按在自己肩膀，不在乎自己的睡衣被淚水沾溼，靜靜等待政近停止哭泣。

（啊啊……這是什麼感覺……）

政近因為淚水而有點恍惚的腦袋，感受到發自內心的安詳心情。這是一種久違的感覺。從相觸的瑪利亞身體傳來的體溫，讓胸口深處變得暖和。這份溫暖慢慢擴散到全身的舒適感，使得政近閉上眼睛即將委身其中……但他這時候察覺淚水已經止住，在迅速回神之後連忙離開瑪利亞。

「——啊，那個，呃……總覺得，對不起？」

政近擦飾眼角結巴道歉，瑪利亞掛著溫柔的笑容起身。

「不用在意沒關係哦～？……久世學弟肯定是缺乏肌膚之親耶～～」

「這樣啊……肌膚之親嗎？」

政近尷尬揚起視線瞥向瑪利亞，瑪利亞充滿自信挺胸。

「肌膚之親很重要哦～～？因為即使內心相觸，要是身體沒有相觸，寂寞的感覺會不知不覺逐漸累積。」

「這樣啊……」

「以話語或態度傳達愛情當然很重要，但是不只如此……好好讓身體相互接觸，將自己的存在傳達給對方也很重要喔。」

瑪利亞將手放在自己胸口說出的這段話，使得政近自然回顧至今的自己。

（聽她這麼說就發現……我多久沒有像現在這樣和別人親密接觸了？）

首先想到的是妹妹有希。那個妹妹至今也經常撲過來擁抱或是跨坐在身上。不過政近總是因為不好意思而推開她，不會像剛才那樣默默依靠在她身上。而且如果除去有希……政近就沒有類似的記憶。

（不，記得……）

真的就只有那孩子吧。大概是國家的風俗習慣，記得那孩子很喜歡肌膚之親，總是毫不害羞緊貼過來，看到那張純真的笑容，年幼的政近即使害羞也還是接受。

（原來如此，後來就再也沒有了嗎……）

回想之後就覺得自己或許真的渴望肌膚之親。想到這裡，政近總覺得再度強烈覺得難為情，不禁低下頭……的前一瞬間，瑪利亞迅速將臉湊過來。

「所以！政近學弟！」

「唔喔，有！」

「我覺得，艾莉應該多多和我進行肌膚之親！」

「……是嗎？」

突如其來的妹控發言，使得政近抽搐嘴角歪過腦袋。接著，瑪利亞雙手扠腰憤慨吐氣，剛才充滿慈愛的態度消失無蹤。

「親臉頰也好像不情不願，想抱抱就會斷然拒絕……我明明想和艾莉進行更多的肌膚之親！」

「這樣嗎……請加油吧。」

「真是的……既然這樣，我就找久世學弟安慰我吧！」

「為什麼變成這樣？」

突然被撲過來抱住，政近目瞪口呆。但是瑪利亞立刻放開政近，向他盈盈一笑。雖然不知道這張笑容從何而來……但是看著這張純真的笑容，政近也覺得這種小事不重要了，自然而然露出笑容。

「呵呵，受不了……我真的搞不懂瑪夏小姐。」

「咦咦～～？這是什麼意思？」

「沒有啦，因為才想說妳說話突然切中核心，但是對話經常無法成立……」

「好過分～～！這樣我不就像是笨蛋了～～？」

「不，我沒這個意思就是了……哈哈。」

看到學姊立刻像是孩子般生氣，政近脫力般一笑。看著這樣的他，瑪利亞也隨即放鬆表情。

「差不多該睡了。」

「也對……總覺得很謝謝學姊。」

「別客氣別客氣～～」

政近低頭道謝之後，瑪利亞像是表示無須在意般輕輕搖手，然後慢慢指向旁邊擺著自己行李的那張床開口：

「久世同學睡這張床吧？」

「咦，可是瑪夏小姐不是預定睡那張床嗎……？」

「正因如此喔。我不會在意，但是茅咲可能會在意床被男生躺過吧～～？」

「啊，說得也是……那麼，恕我失禮……」

政近接受瑪利亞的說法，慢慢爬上那張床。接著，瑪利亞也拉上窗簾爬上另一張床。

「那麼，晚安～～」

「好的，晚安。」

在黑暗中聽到瑪利亞的聲音，政近重新體認到和異性同房就寢的事實，心情變得難以平靜。

（這樣真的睡得著嗎……？）

政近懷抱這份擔憂蓋上薄被，不過果然因為舟車勞頓加上海水浴的疲勞，或者是因為剛才哭累了，政近的意識短短數分鐘就落入深沉的夢鄉。

◇

……另一方面，這時候的隔壁女生房，一年級的三個女生正在進行有希主辦的睡衣派對。

「這麼說來，艾莉同學，妳為什麼那麼堅定拒絕和瑪夏學姊同房？」

有希在聊天時提出這個問題，艾莉莎板起臉回答：

「……因為會被當成抱枕。」

「咦？」

出乎意料的這句話，使得有希與綾乃眨了眨眼。

「……瑪夏睡覺的時候，總是會抱著一個很大的抱枕……應該說布偶？不過外出旅行沒得抱的時候，會睡昏頭找附近合適的東西代替抱枕……至今全家出遊的時候，尤其在旅館，她經常會鑽進我的被窩……」

「哎呀……那麼，或許現在是更科學姊被當成抱枕吧？」

聽到有希的推測，艾莉莎輕聲一笑。

「有可能。不過更科學姊應該會用盡全力趕她走吧。」

「呵呵呵，說得也是。說不定會被踢下床。」

「這樣不錯。如果她能受到教訓，再也不把別人當成抱枕就好了。」

夜晚的室內響起少女們壓低音量的笑聲。一小時後，結束睡衣派對的她們靜靜就寢的這個時候……她們插的旗在隔壁房間被回收。

◇

（嗯……？）

某種東西爬遍身體各處的觸感，使得政近的意識稍微覺醒。

（怎麼回事……？）

對於安眠被妨礙略感不耐煩的政近，就這麼閉著眼睛將注意力集中在碰觸身體的這股觸感。

胸口上方與脖子後面蠕動的細長物體……手臂？還有，纏著腿上的這個物體……是腿嗎？

此時政近察覺到，看來是某人在他的右側搞鬼。而且政近半清醒狀態的阿宅腦立刻理解狀況。

（什麼嘛……是有希啊。）

在旅行地點，有女生鑽進被窩。這是在二次元經常發生的制式事件之一。如果是集訓，就是睡昏頭的女生走錯房間。如果是校外教學，就是悄悄聚集在女生房間的時候有老師前來巡邏，連忙找一個被窩鑽進去，這種形式算是王道。

總之無論如何，居然想在真實世界上演這種事件，這種事只有那個阿宅腦妹妹做得出來。只要張開雙眼，那個妹妹應該會照例掛著笑嘻嘻的表情說「我來了♡」。

「唔唔……嗯……」

政近就這麼閉著雙眼，嫌煩般搖晃身體。平常他願意配合可愛妹妹的惡作劇，但現在因為久違的旅行與海水浴所以很累。不只是體力上沒有餘力配合妹妹的惡作劇，現在也沒有這種心情。

「有希……好了啦……」

政近口齒不清這麼說，蠕動右手想趕走位於右側的人物。像是要推開般頻頻以手肘頂向貼在他手臂的某人，但是不知為何，手臂只傳來埋進某種柔軟物體的觸感，手感不甚理想。最後政近甚至懶得動手臂了，放棄抵抗。

然後，政近甚至不確定是否有做出「扔著不管就會自己離開吧……」這個判斷，再度落入夢鄉……

◇

隔天早晨，身體不太熟悉的床鋪觸感，以及壓在右半身的重量與熱度，使得政近清醒。

「唔唔，嗯……」

張開眼睛，眼前是陌生的天花板。不久之後，政近回想起自己前來集訓，想要翻身……卻因為某個東西壓在身上而動彈不得。氣溫逐漸開始上升的早晨，只有接觸這個物體的右半身開始緩緩冒汗。

「啊嗯？」

政近抬起頭，將這個「物體」納入視野範圍……然後僵住。

眼前是看起來很柔軟的褐色頭髮，以及天真爛漫到不像是年紀比政近大，可愛更勝於美麗的睡臉。繼續往下看是和純真睡臉相反，散發凶惡存在感的雙峰。

「……呼——」

確認到這裡，政近將頭躺回枕頭，嘆出長長的一口氣。他理解狀況了。雖然不知道為什麼變成這樣，但他完全理解現在的狀況了。

右肩是瑪利亞的頭，胸口上是瑪利亞的右手。右肘被瑪利亞豐滿的胸部壓住，腿也被瑪利亞的腿用力夾住。不過胸口以下蓋在被子底下看不見，所以腿的部分始終只是推測。雖然始終是推測……然而依照瑪利亞的腿部位置，因為某些原因被穩穩固定的政近右手，好像抵在瑪利亞大腿根部附近非常敏感的部位……這樣算是踩到紅線了吧？不對，大概是因為長時間被壓迫，所以右手幾乎沒有知覺。

「換句話說……是勝利者的早晨。」

政近冷靜審視「絕世美女陪伴在身旁迎接早晨」的現狀，做出這個結論。腦中想像的光景是胸毛性感的肌肉猛男躺在床上，將裸體的金髮美女抱在懷裡抽雪茄，不過實際上身旁是穿著睡衣的褐髮美女，而且兩人不是什麼情侶，單純是學姊與學弟的關係。

（慢著，為什麼單純的學姊與學弟會一起睡在同一張床上？）

政近在腦中大聲說出過於後知後覺的這句吐槽，停止逃避現實。但是停止逃避現實之後，他完全不知道為什麼會變成這樣。

（啊～～……是那樣嗎？是因為我顧慮到更科學姊，睡在瑪夏小姐預定要睡的這張床？瑪夏小姐半夜起床去上廁所之後，昏昏沉沉爬上原本是自己要睡的床？）

雖然也可以像這樣牽強推測，但是推測原因也沒什麼特別的意義。說起來，如果想知道原因，只要叫醒當事人詢問就好……

「……」

政近用力抬頭看向頭頂方向，確認窗戶的狀況。拉上的窗簾只有微微亮，顯示天亮還沒有多久。在這個時段叫醒舒服熟睡的學姊會有點於心不忍。而且……這個狀況對於瑪利亞來說，應該是被學弟指出這點之後會感到難為情的狀況吧？

（……不得已了，想辦法掙脫吧。）

思考約十秒之後，政近得出的結論是要悄悄鑽出去別吵醒瑪利亞，開始檢討要以何種程序進行。總之首先該處理的應該是瑪利亞壓在政近肩膀上的頭。無論要如何行動，最不妙的就是動到頭部。首先必須慎重從她的頭底下抽出肩膀……

「（抱歉失禮了。）」

政近輕聲知會之後抬起自由的左手臂，輕輕將手伸到瑪利亞的頭部下方。手心接觸到柔順的褐髮，政近總覺得有種罪惡感，慢慢將瑪利亞的頭抬起來——

「唔～～」

「！」

……的這一瞬間，瑪利亞像是抗拒般搖頭，逃離政近的手。雖然只有短短兩公分高，但是頭部從手心落到肩膀的衝擊，使得瑪利亞身體一顫。然後她慢慢抬起頭，以惺忪的睡眼看向政近的臉。

「……早，早安。」

「…………是久世學弟耶。」

政近露出僵硬的笑容問候，瑪利亞維持惺忪表情，口齒不清叫著政近的名字。然後她不知道想到什麼，露出軟綿綿放鬆至極的笑容，腦袋直直落在政近肩上。

「呼咪…………為什麼～～？為什麼久世學弟在這裡……」

「不，這是我要問的問題……」

瑪利亞好像連政近的冷靜吐槽都沒聽進去，就這麼掛著傻呼呼的笑容轉動腦袋。

「唔呵呵，為什麼～～♪為什麼～～♪這是為什麼呢…………」

瑪利亞像是唱歌般連續發問，接著大概是找到恰恰好的姿勢，慢慢停止動作……居然就這麼發出熟睡的呼吸聲。

「（居然睡回籠覺？）」

政近輕聲吐槽，但瑪利亞已經位於夢鄉。

「……這是真的嗎？」

學姊的頭比剛才嘗試掙脫的時候還要接近，政近領悟到這是白費工夫而脫力。

結果在這之後，瑪利亞在政近身上睡了四次。然後在第四次醒來的時候，雙眼終於聚焦……

「…………咦？」

「……早安。」

「……咦，咦……咦咦咦——？」

剛睡醒頭髮亂翹的瑪利亞掃視周圍，認知狀況之後猛然坐起上半身，一邊將被子拉過去一邊在床上後退。

「……不對，請不要用被子遮住身體，因為這個構圖很像是喝醉之後和部下一起聆聽早晨鳥叫聲的女上司。」

政近忍不住以阿宅角度吐槽，但是瑪利亞似乎完全沒聽進去，她滿臉通紅，就這麼睜大雙眼發出錯愕的聲音。

「早……早安。」

「是的，早安。」

學姊事到如今才道早安，政近回應早安之後掛著一絲苦笑，朝著靜不下心般游移視線的學姊搭話：

「是因為我睡在瑪夏小姐的床嗎？感覺妳好像是迷迷糊糊上錯床？」

「啊，是……是這樣啊……」

「畢竟是第一次睡的場所，所以也會發生這種事喔。」

「是……嗎？」

聽到學弟這麼解釋，瑪利亞瞥向政近……發現政近睡衣的胸口溼透變色，頓時停止動作。

「啊，啊啊……那個，這是……」

察覺到視線的政近含糊其詞，瑪利亞僵住一陣子之後，像是彈起來般將手放在自己的嘴角。

正如猜測，政近睡衣上的水痕，是瑪利亞第三次睡著時流出的口水。瑪利亞似乎在嘴角發現這個痕跡，原本就紅的臉蛋變得更紅。然後她迅速接近政近，掛著像是快要哭出來的表情，以雙手按住睡衣的水痕。

「不是！不是啦！我平常不會這樣啦！」

「啊，好的。」

「真的不是啦！我平常不會流口水！求求你相信我！」

「我相信我相信，我相信妳，所以那個……請把音量……」

面對像是要撲進懷裡哭著央求般含淚仰望的學姊，政近頻頻點頭。點頭之後請她努力克制音量。畢竟在昨天的時間點就已經證明即使聲音很小也會傳到隔壁房間，而且住在隔壁房間的人們不知道政近在這個房間。雖然從時間來看即使還在熟睡也不奇怪，不過要是一年級女生被瑪利亞的聲音吵醒前來這個房間，後果將會慘不忍睹。

「嗚嗚～～……真的嗎？」

「真的。這反倒是獎賞，所以請別在意吧？」

政近因為心急而脫口說出奇妙的阿宅感想。瑪利亞對此眨了眨眼睛，像是想到什麼般皺起眉頭，迅速遠離政近。

「……久世學弟好色。」

「啊，嗯。隨便妳怎麼說吧。」

雖然不知道瑪利亞為什麼做出這個結論，總之她已經冷靜下來就好。政近就像這樣放鬆身體的時候……發生了恐怖的事態。

『瑪夏學姊？早安。請問怎麼了嗎？』

響起敲門聲，門外傳來有希的聲音。兩人同時像是彈起來般看向房門，在一瞬間思考該怎麼做。

（找地方躲起來——衣櫃！）

政近掃視周圍，注意到床尾方向的衣櫃，迅速彎曲雙腿要站起來。

「（快躲起來——！）」

瑪利亞輕聲喊完之後站起來，雙手拿著被子蓋在政近頭上……兩人是同時行動。

彼此都在床上以前傾姿勢伸長身體……視線瞬間相對。兩人看見對方的動作之後

「咦……」地大感意外的下一瞬間。

出師不利失去平衡的政近向前方踉蹌，試著避免相撞的瑪利亞大幅向後仰，結果就是……

「危險——！」

「呀啊——」

政近一頭撞在瑪利亞肩膀部位往前倒。雖然反射性地伸出雙手撐在床上，不過回神之後發現眼前是睜大雙眼愣住的瑪利亞臉蛋。瑪利亞的雙手緊抓著被子，完全成為「政近壓在熟睡的瑪利亞身上」這種構圖。

『啊！戀愛喜劇的波動！』

這一瞬間，有希感應到某種動靜，迅速推開房門。

然後，有希看見床上的兩人並且靜止。她收起表情，慢慢放開門把，以腳抵著門板取出手機，將手機拿到眼前按下快門，確認照片之後朝兩人豎起大拇指，用力點頭……就這麼離開房間。

「「……」」

看到過於自然的這一連串動作，兩人好幾秒都動不了。政近呆呆注視有希離開的房門……輕輕從瑪利亞身上離開。

「不好意思，瑪夏小姐。妳沒事嗎？」

「啊，嗯嗯，我沒事。」

「太好了。那麼……我先下樓哦？」

「唔，嗯。」

看見瑪利亞點頭回應，政近靜靜下床，確認外面走廊沒人之後走出房間。然後他看見樓下笑嘻嘻揮動手機，像是故意做給他看般逃往客廳的妹妹……

「妳這混帳給我站住！」

政近猛然衝下樓。

第9話 妳沒資格說我是暴君

「來玩國王遊戲吧。」

集訓第二天，吃午餐時開始下起氣象沒預報到的雨，大家討論雨停之前要在客廳玩什麼遊戲的時候，統也說出這句話。對此，政近與有希同時感到戰慄。

（（這……這是陽角會玩的遊戲……））

兄妹倆腦中思考一模一樣的事，身體頻頻發抖。雖然沒特別的理由，但是不知不覺就忍不住發抖。明明兩人都絕對不算是陰角。

「國王遊戲……是什麼？」

艾莉莎在戰慄的兄妹旁邊歪過腦袋。接著，瑪利亞感到意外般開口：

「咦咦～～？艾莉妳不知道嗎？是國王遊戲喔，國王遊戲。」

「所以說，那是什麼？」

艾莉莎不悅看向姊姊，瑪利亞一臉洋洋得意豎起食指。

「呼呼～～所謂的國王遊戲，是在唯一的一根籤畫上紅色標記，其他籤都寫下數字，然後給大家抽，抽到紅籤的人是國王，用號碼對其他人下令的遊戲喔～比方說『二號餵五號吃東西』或是『四號親吻一號』這樣？」

瑪利亞自己說完之後害羞尖叫，以雙手按住臉頰。和逕自興奮的姊姊相反，艾莉莎聽完解說之後睜大雙眼。

「親……親吻……？」

「啊啊沒有啦，太過火的命令終究會禁止哦？始終必須在良知範圍之內。」

統也帶著苦笑，向慌張的艾莉莎補充說明，然後稍微掃視眾人開口：

「總之，該怎麼說……像是『二號說好笑的笑話』或是『三號彈五號額頭』這種簡單的懲罰遊戲就好吧？」

「彈額頭……我幾乎沒試過就是了……」

統也說完，坐在他旁邊的茅咲仔細看著自己的手，緩緩舉起右手，拇指與中指連接成一個環，然後朝著中指蓄力到極限……

砰！

「嗯，茅咲要手下留情喔？」

看見茅咲試彈手指的威力，統也向她露出溫柔的笑容。總覺得剛才的爆裂聲非比尋常，肯定是手指摩擦發出的聲音吧。絕對不是……嗯，絕對不是突破空氣之牆超越音速的聲音。

「哎，這始終是用來增進感情的遊戲……所以命令也以這種感覺進行吧。」

「這樣啊……」

大概是察覺政近內心納悶冒出「這部分無妨，不過為什麼是玩國王遊戲？」這個疑問，茅咲咧嘴看向統也。

「總歸來說，你想玩玩看陽角的遊戲是吧？嗯嗯，我知道了～」

「呃，不，並不是……這麼回事啊？」

統也明顯慌張地愈說愈小聲，使得學弟妹們眼神變得柔和。身為曾經有溝通障礙的陰角，想必會嚮往某些事吧。學弟妹們以溫馨的眼神看過來，統也尷尬舉起手。

「別這樣！不要用這種眼神看我！」

「不，嗯，說得也是。一起來玩國王遊戲吧。」

「說得也是。那就來準備籤吧。」

「不要對我這麼貼心！……還有，籤我已經準備好了啊？」

「會長興致勃勃耶……」

政近等人露出苦笑從沙發起身，在地毯放坐墊圍坐成一圈。順序是政近右邊坐著艾莉莎，再過去是瑪利亞，瑪利亞的右邊……也就是政近右前方是有希。政近左邊是綾乃，再過去是茅咲與統也。眾人中央放著插入七根衛生筷的小瓶子。

順帶一提，雖說是衛生筷卻不是方形筷，是只有筷頭需要拉開的圓筷。七根圓筷是筷尾朝上插入瓶子。看來標記位於筷頭的方形部分。

（換句話說……不可能從裂痕的微妙差異分辨哪根是哪根。）

政近一臉若無其事，在遊戲開始之前就早早思考是否能作弊。明明只是普通的娛樂卻這麼做，或許有人認為很幼稚，但這是理所當然的準備。因為……這場遊戲有一個只要能作弊基本上都會作弊的參加者。

可以恣意對某人下令的這種美妙遊戲，那個妹妹肯定會以享樂心態把場面鬧得天翻地覆。

（而且提案的會長在打麻將那時候也有前科……預先在籤上動手腳的可能性……會有嗎？總之，他說要增進感情應該不是騙人的，即使動手腳也不會太亂來吧……）

思緒運轉的這時候，政近也在統也的催促之下隨便抓住一根籤。統也確認所有人都抓住籤之後帶頭開口：

「那就開始吧？國王是誰～～！」

眾人配合統也的吆喝一齊抽籤。

「哎呀，我嗎～～？」

然後，瑪利亞拿著筷頭塗滿紅色的筷子眨了眨眼。看來第一位國王是瑪利亞。不過……比起這件事，政近的注意力被囚禁在另一件事。那就是……

（果然……依照籤的方向，在抽籤的瞬間看得見數字。）

或許該說果然，他注意的是作弊這件事。恐怕……不，幾乎可以肯定連準備籤的統也都沒料到這種事吧。不過政近的動態視力足以將猜拳化為普通的眼力遊戲，所以在抽籤的瞬間，如果寫著數字的那一面朝著政近，他自然而然看得出來是幾號。

而且……既然政近做得到，有希也……恐怕連茅咲也做得到一樣的事。

（這下子不妙了……因為是圓筷，所以抽籤之前不知道寫著數字的那一面是朝著哪個方向……要是我抽籤的時候數字是朝著有希，她一眼就看得出來吧？）

感受到危機的政近，總之悄悄試著以指甲在筷頭留下痕跡當記號……但是立刻放棄。因為他察覺筷子不只是本身材質很硬，表面也很光滑，一旦刮傷立刻會被發現。

（這麼一來多多少少得靠運氣了……只能祈禱不要倒楣到籤的數字面向有希，又被有希當上國王……）

「那麼～～……就由二號……」

此時瑪利亞的聲音傳入耳中，政近中斷思考，然後低頭看向手上的筷頭……再度確認自己是四號。在他看完抬頭的同時，食指按在臉頰的瑪利亞歪著腦袋開口：

「唔～～……嗯，挑戰用肚臍煮茶湯！」（註：日文諺語，捧腹大笑的意思。）

「不可能吧？」

瑪利亞稍微點頭之後說出這個奇怪的命令，政近忍不住嚴肅吐槽。看來不只是政近抱持這個感想，茅咲也露出苦笑詢問瑪利亞：

「這是什麼命令，怎麼回事？」

「嗯～～？就是啊，聽到這句諺語的時候，我覺得這個形容方式很有趣……說不定真的做得到？」

「不，做不到吧？」

「可是，只要大家一起搔癢讓這個人笑個痛快……」

「就說做不到了。說起來，抱著笑死的決心煮茶湯根本莫名其妙。」

茅咲說得很中肯，政近也深深點頭。接著，瑪利亞稍微噘嘴，把頭歪向另一側。

「那麼……啊。開瓶蓋挑戰！我想看那個！」

「開瓶蓋挑戰？」

茅咲看起來沒聽過，政近心想「為什麼堅持命令挑戰某些事……？」進行說明。

「這是在網路上流行過一段時期，不用手打開瓶蓋的一種挑戰……話說從這個反應來看，更科學姊是二號嗎？」

「啊，嗯。」

茅咲點點頭，很乾脆地公開自己的籤。此時統也從冰箱拿了兩公升裝的寶特瓶礦泉水過來。

「我也幾乎沒有好好看過……不過記得是用迴旋踢開瓶？」

「是的～～我看過的也……這種動作叫做後迴旋踢嗎？記得是用腳踝那邊，像這樣巧妙打開瓶蓋喔～～」

統也一邊詢問眾人，一邊將寶特瓶放在地上，瑪利亞也點頭回應。然後茅咲自言自語說著「迴旋踢……」站了起來。

「不，在瓶裡有飲料的狀態挑戰不太好……而且說起來，赤腳應該辦不到吧？必須要穿鞋子——」

政近說到這裡的時候，茅咲轉身背對統也擺放的寶特瓶，下一瞬間……

轟，喀唰！

一個殘影掃過寶特瓶的前端，幾乎在同一時間，沙發方向傳來小小的聲音。茅咲以外的六人一齊轉身看向聲音來源，包括瓶蓋在內的寶特瓶口，剛好在這時候在沙發椅背反彈掉到椅面。

「「「「「「……」」」」」」

接著眾人一樣同時轉頭一看……地上的寶特瓶露出像是被利刃裁切的平整切口，而且瓶裡的水面沒激起任何漣漪。

鴉雀無聲的寧靜在室內擴散，單腳站立的茅咲稍微歪過腦袋開口：

「……是這樣嗎？」

「…………………嗯。」

聽到茅咲這麼問，統也停頓許久之後點點頭……只能點頭。

（快得驚人的迴旋踢……連我都很自然地沒看清楚耶☆）

政近在腦中半開玩笑這麼說，克制發抖的雙手。

「哇～～茅咲好厲害～～挑戰成功了～～」

即使看向周圍，也只有瑪利亞在稱讚茅咲。不愧是國王，器量真大。

「……在下收走寶特瓶吧。」

在這樣的狀況中，綾乃輕輕起身拿起寶特瓶放回冰箱。所有人這段時間將籤放回去，統也把籤筒拿到身後攪亂。等到綾乃回來之後一起抽籤，這次是統也當國王。

「喔，我嗎？」

統也重新振作般以開朗聲音說完咧嘴一笑。然後他轉頭環視所有人，愉快下令。

「我想想……那麼，請五號說一個好笑的笑話吧。」

「打從一開始就是這麼難的命令啊……」

「啊，五號是我～～」

「居然是下剋上的展開……」

不再是國王的下一剎那就被下達這個艱難命令的瑪利亞，將手指按在嘴唇思考一陣子之後，像是忽然想到什麼般開始述說：

「對了對了，晚點要去的祭典讓我回想起一件事，我以前參加過俄羅斯的祭典，當時非常擁擠哦？大概是因為這樣，袋子才會破掉吧？附近有人掉了好幾顆蘋果在地上喔～～……一顆顆滾走了～～像是這樣？」

瑪利亞說到這裡就閉上嘴巴。緊接著，艾莉莎肩膀微微顫抖，忍不住「呵呵」笑出聲。但是另外五人不知道哪裡是笑點。說得直接一點，「咦，說完了？」才是眾人發自內心的感想。

（怎……怎麼回事？俄式笑話嗎？不行，完全無法理解！）

無法理解，雖然無法理解……但是政近理解到這時候安靜無聲的話不太妙。既然學姊搞笑耍冷（？），自己就必須想辦法接話。政近基於使命感拚命絞盡腦汁……

「……原來如此。蘋果掉到地上滾動，是暗喻大家紛紛笑到在地上打滾的意思，真是高明。」

「喔……喔喔！久世你說得真妙！」

「呵呵，說得也是。」

「啊……啊哈哈，久世同學你真是的，不可以把學姊的笑點講明吧～～？」

「哈哈，不好意思。」

三人附和政近的牽強解釋，敷衍帶過瑪利亞別說好笑甚至不知道在說什麼的這個笑話。綾乃是空氣所以不成問題。眾人就這麼順其自然匆忙把籤放回去，立刻進行下一場遊戲。

「咦，又是我嗎……」

統也拿著紅色標記的籤這麼說。

「統也運氣真好。」

「哎，是嗎？那麼……不要太複雜，請三號扮鬼臉如何？」

大概是活用剛才的反省，統也說出堪稱經典的這個命令。只不過，在女性比例比較高的這個場合，這個命令就某方面來說也很難。在正如預料令女生們一陣緊張的氣氛中，舉起三號籤的人是……

「是在下。」

居然是綾乃。

（綾乃扮鬼臉？）

平常面無表情，基本上只有眼睛會動的綾乃要扮鬼臉。不容分說令人深感興趣的這個展開，吸引場中所有人的注目。在緊繃的氣氛中……綾乃沉默片刻，然後慢慢舉起雙手，就這麼面無表情將兩邊臉頰往上拉。

「妳是得到人性的機器人嗎？」

「這就是……人類的喜悅……？」

「喔喔，更科學姊學得很像耶。」

「啊哈哈，還好吧～～？」

政近吐槽之後，茅咲立刻以平坦語氣配音，不過當事人綾乃像是搞不懂狀況般歪過腦袋。這種反應也令她更像機器人。

「啊啊～～……嗯，總之，姑且算是達成命令吧。」

「啊哈哈，說得也是……」

下令的統也宣布指令完成，進入下一場遊戲。接著成為國王的……

「啊，是我？」

是艾莉莎。她作勢思索片刻之後說出的，是統也剛才舉例的命令。

「這樣好了……那麼，二號與四號互彈額頭。」

「唔呃！」

抽到四號籤的政近，聽到命令內容之後不由得叫出聲。若要說為什麼……

（如果二號是更科學姊，我就沒命了！）

就只有這個原因。政近懷著祈禱般的心情看向茅咲，幸好是反方向的某人舉手。

「啊，是我～～四號是久世學弟？」

「啊，是的。太好了……那麼妳先請。」

政近不禁鬆了口氣，撥起瀏海，上半身稍微探向瑪利亞。然後瑪利亞以拇指與中指做出一個環，將手伸向政近額頭。

「那我要彈了喔～～……嘿！」

瑪利亞充滿氣勢彈出手指……但是因為距離太近，所以不是指甲，是整根中指壓在政近額頭。力道還沒出盡就命中額頭，所以一點都不痛。

「啊……啊啦啦？這個意外地難耶～～」

「哎，這需要一點訣竅……哈哈。」

瑪利亞將手移開政近額頭露出為難的笑容，政近也不知該如何反應，含糊一笑。

「那麼，久世學弟示範給我看吧？」

「啊，好的……」

這次輪到瑪利亞撥起瀏海探出上半身。這個姿勢令政近回想起今天早上的事件，在稍微慌張的同時舉起右手。

「那個……是這種感覺？」

「啊！」

對方是女性，所以政近力道非常放水，不過大概因為和瑪利亞不同，是將力道集中在指甲彈下去，所以瑪利亞輕聲哀號按住額頭。

「唔～～好痛～～」

「啊，不好意思。看來打得比想像中還要成功……」

瑪利亞雙手按住額頭鼓起臉頰，政近連忙道歉……並且強烈覺得難為情。

（唔喔喔喔喔——！像是笨蛋情侶的這種害羞互動是怎樣啊啊啊——！周圍的視線好溫馨！）

同時，他知道坐在兩人中間的艾莉莎從超近距離以非常冰冷的眼神看過來。左側是溫馨空氣，右側是冰冷空氣。咦？這裡是三溫暖的入口嗎？

（不對，下令的是妳自己啊？）

政近在內心吐槽，假裝沒察覺艾莉莎的視線重新面向前方，然後故作鎮靜把籤放回去。

「「「「「「國王是誰～～！」」」」」」

像這樣再度抽籤之後，政近抽到的籤有紅色標記。

「啊，是我。」

「哎呀……呵呵，暴君要誕生了吧？」

「別下太奇怪的命令哦？」

「慢著，我也太沒信用了。」

政近聽完有希的消遣與艾莉莎的叮嚀露出苦笑，思考要下什麼命令。

然後，忽然浮現在腦海的某個點子，使得他露出無懼一切的笑容。

（唔……啊，對了。）

「六號全力清唱征嶺學園的校歌，這個命令怎麼樣？」

「唔哇，這樣很丟臉！」

政近這個命令，使得茅咲像是害羞到發毛般摩擦雙手。

「好啦，六號是誰？」

茅咲的反應令政近心情大好，尋找可憐的活祭品……

「……是我。」

聲音就在右邊響起。六號居然是艾莉莎。

「哇喔，那麼艾莉同學，請妳加把勁高歌一曲吧！啊，要站起來唱。」

政近愉快地煽風點火，艾莉莎瞪他一眼之後當場起身，然後接受眾人的聲援與拍手唱起校歌。

這一瞬間，愉快起鬨的統也與茅咲表情僵住，政近也不由得收起笑容。

簡單來說就是天籟美聲。原本是當成懲罰遊戲，但是彷彿專業女高音的精彩歌唱意外令眾人嚇破膽。沒有餘力像是看熱鬧般聲援或打拍子，所有人專心聆聽歌聲。艾莉莎就像這樣結束一分鐘左右的歌唱之後，眾人自然而然給予掌聲。

「哇……我嚇了一跳。原來艾莉學妹歌喉這麼好。」

「還好啦……普通而已。」

「不不不，沒什麼好謙虛的，老實說我大吃一驚。」

茅咲與統也的純粹稱讚，使得艾莉莎略感不自在般坐下。

「我也吃了一驚。原來妳的歌喉這麼好。嚇我一跳。」

「是嗎？」

對於政近的稱讚，艾莉莎也平淡回應之後撇過頭去，不過耳朵稍微變紅。如此淺顯的反應，使得政近與瑪利亞從兩側向她會心一笑，艾莉莎似乎難以承受這份害羞心情，像是要驅離兩人視線般將籤放回去。

後來繼續玩了好幾回合，場中氣氛已經夠熱絡的時候……成為國王的茅咲說出至今最大膽的命令。

「那麼，二號親吻一號！」

真的像是派對咖會在國王遊戲下的這個命令，引得客廳一陣驚愕與緊張。政近毫不例外感到驚愕的同時察覺了一件事。

（更科學姊看清會長的籤了吧？）

這是他從遊戲一開始就在擔憂的事。雖然在正常享受遊戲樂趣的時候完全忘了，不過茅咲與有希兩人和政近一樣能在抽籤的瞬間看清數字。否則茅咲不可能在男友統也在場的狀況下這種命令。

「茅咲，這……」

「不，我又沒說要嘴對嘴，親臉頰或是手也可以。」

「唔～～那就還好……？順便問一下，一號與二號是誰？」

統也個人也覺得如果是女生互親就沒什麼特別的問題吧。然而——

「一號……是我。」

可惜這個想法落空了。政近不是親人而是被親的一方，或許是不幸中的大幸。

「二號是我。」

然後，坐在政近斜前方的有希舉起手。

「久世與周防嗎？啊啊～～……茅咲，這個命令還是——」

居然是異性的組合，統也似乎覺得不能這樣而板起臉，要求茅咲收回命令……之前，有希已經雙手撐地探出上半身，抓住政近下巴轉到她面前……

「來，政近同學，啊～～」

「舌頭別過來！舌頭！」

有希張嘴伸出舌頭，毫不猶豫將臉湊向政近的嘴。但是政近立刻伸手按住她的額頭，有希的索吻以未遂收場。

「……呵呵，要是你沒阻止，真不知道會變成什麼結果。」

「那妳一開始就不應該這麼做。」

兩人就這麼相互抓著下巴與額頭，在極近距離分別露出正常笑容與僵硬笑容。對於這幅光景，不知為何是下令的茅咲最為慌張。

「咦，咦？舌……舌吻……？咦？咦咦？」

「唔，喔喔……」

兩名學長姊目瞪口呆。

「喂，那邊的，不准找機會按快門！」

「！」

綾乃默默舉著手機。此外，瑪利亞按著嘴角睜大雙眼。

「快……快點分開啦！成何體統！」

艾莉莎則是柳眉倒豎，拉開兩人。有希朝艾莉莎露出暗藏玄機的笑容，慢慢抓住政近按在她額頭的手。

啾！

有希發出響亮的聲音親吻政近手掌，然後笑咪咪轉頭看向茅咲。

「這樣命令就完成了吧？」

「啊，是……是的……」

有希以若無其事的態度確認，茅咲就這麼以雙手按著臉頰呆呆點頭。該怎麼說，有男友的她做出這種反應也太純真了。

「唔唔，呃～……那麼總之，進行下一場吧……」

統也內心的慌張看起來也還沒平息，刻意清了清喉嚨催促大家繼續玩遊戲。在有點奇妙的氣氛中，政近感受到來自右邊的犀利視線，以褲管擦拭有希吻過的右手。

（不，拜託別這樣瞪我……又不是我的錯。）

政近在內心說出不太像是男生會說的藉口，一邊在意艾莉莎一邊抽籤，然後隨即察覺自己失誤。

（糟了！因為太在意艾莉，所以疏於警戒……！）

只不過即使有所警戒，或許也無計可施。但是如果多加注意抽籤的方式……看著斜前方的有希眼睛深處露出惡魔般的笑容，政近內心悔不當初。

（可惡，被看見了……不過，只要有希不是國王……）

這一絲希望……在下一瞬間淒慘被粉碎。

「哎呀，是我。」

有希雙眼透露笑意，舉起紅色標記的籤。然後她以拿籤的手遮住嘴角，明顯看向政近與艾莉莎開口：

「那就模仿更科學姊……請三號與五號相互親吻吧。」

聽到這個命令，身旁的艾莉莎身體一顫，政近察覺自己完全被鎖定。

（可惡，這真是惡魔般的籤運，惡魔般的命令！）

主掌遊戲的統也沒有制止。這是當然的。因為「親吻」是剛才由茅咲下的命令，而且學妹有希也照做，這時候制止的話就不公平了。然而……

（就算這麼說，這完全踩到紅線了吧啊啊啊——！）

無論是在哪種場合，和艾莉莎親吻的話絕對會種下禍根，彼此的關係絕對會變得尷尬。不，或許有希是看透這一點，故意打亂敵對參選人的陣腳……？

（無論如何都不能這樣！不行，絕對！）

以艾莉莎不服輸的個性，要是被有希挑釁，可能不惜賭氣也要實行這個命令。政近全力讓大腦完全運轉，想辦法要迴避這個命令。

「所以，三號與五號是誰？」

但是有希判斷學長不會制止之後，不給思考的空檔就開始發問。然後，被問到的艾莉莎老實舉起籤。

「五號是……我。」

「哎呀，是艾莉同學啊。所以，三號是？」

有希故意假裝吃驚，環視眾人。

（唔，沒時間了……有什麼辦法嗎？什麼辦法……）

政近暗自咬緊牙關，看向周圍……然後發現一件事。

「三號是我。」

「哇，是政近同學啊。這真是不得了。我可以說這是……幸運嗎？」

有希佯裝不知情般微微歪過腦袋，眼睛深處露出下流的笑容……政近也像是要對抗般咧嘴一笑。

「天曉得。不過有希，真可惜啊。」

「哎呀，可惜？」

面對收起表情瞇細雙眼的有希，政近指向正前方的窗戶，隨著無懼一切的笑容宣布一件事。

「雨已經停了。」

這句話引得有希……以及其他成員也同時轉頭看向窗外，確認雨確實停了。然後政近立刻拉攏場中最有力的掌權者。

「會長，記得這個遊戲是玩到雨停為止吧？」

「啊……啊啊！對喔，說得也是！」

「就是這麼回事，時間到了。遊戲就此結束。」

「說……說得也是！好啦，那麼既然剛好是點心時間，就來打西瓜吧！」

政近說完，招致這個狀況的兩名學長姊元凶立刻附和，開始收拾事態。既然會長與副會長宣布結束，其他人也無法提出異議。

看著匆忙開始收拾籤的茅咲，瑪利亞微微一笑站起來，將自己的籤放回小瓶子。綾乃見狀觀察有希的反應，有希輕輕聳肩。

「好啦，結束了結束了。」

察覺有希死心後，政近從僵住的艾莉莎手中抽走籤，連同自己的籤放回小瓶子。

「會長，我去拿西瓜出來。」

「喔……喔喔，拜託了。」

「棍子的話……廚房有擀麵棍嗎？」

「記得應該有。畢竟昨天有人用過。」

「收到～」

「啊，那個，我也來幫忙。」

政近迅速起身走向廚房，看似無所適從的艾莉莎做出有點怪異的反應跟了過去。

「我看看，西瓜在哪裡～？」

「啊，記得在這裡面……」

兩人下意識不敢相視，一邊進行不著邊際的對話，一邊在冰箱找西瓜。

「啊，找到了──」

政近找到西瓜伸出手，但是艾莉莎也同時伸手，兩人的手在半空中相觸。艾莉莎隨即像是彈開般迅速舉起手。

（真……真是老套的橋段。）

政近暗自這麼想，若無其事從塑膠袋取出西瓜，泰然自若改變話題。

「對了對了，剛才瑪夏小姐說的好笑笑話，那是什麼意思？我不太曉得笑點在哪裡……」

「咦？啊，啊啊……那是因為在俄羅斯，會把人潮擁擠的地方形容為『沒有地方讓蘋果掉落』。」

「啊啊～原來如此。明明沒有地方讓蘋果掉落，蘋果卻掉了……不，這誰聽得懂啊！」

政近慢半拍如此吐槽，艾莉莎也稍微笑了。此時，有希忽然探頭看向這裡。

然後，她朝著轉過頭來想詢問有什麼事的兩人……脫下淑女面具，露出昏黑的笑容這麼說：

「你們逃避了。」

不只如此，還輕聲留下像是嘲諷的笑容，就這麼離開客廳。

（喂——！停戰協定去哪裡了？）

政近在內心如此大喊的瞬間，感覺到艾莉莎背部驟然冒出鬥志，連忙安撫。

「冷靜下來，別中了挑釁。那是有希想讓我們關係變得尷尬的策略。」

「……」

艾莉莎用力皺眉斜眼瞪過來，政近舉手安撫。

「所以就叫妳冷靜下來了，好嗎？要是中了挑釁，一時情緒衝動就那個……親吻的話，事後絕對會後悔啊？」

「……」

聽到政近這麼說，艾莉莎一臉不悅再度瞪向有希離開的門，輕哼一聲之後面向調理台。

「……再來要找擀麵棍對吧？」

「啊，啊啊。」

看來她接受這個說法了。政近鬆了口氣重新面向冰箱，將西瓜抱在懷裡，以手肘關上冰箱——

【不會啦，沒什麼好後悔的。】

（喔……唔噗……）

竄入耳朵的這句俄語，使得政近差點失手摔落西瓜。還好沒有變成偷偷搶先打破西瓜（事故），政近連忙重新將西瓜抱好。

（說真的，妳啊……）

如果是有希的計策就可以閃躲。即使她再怎麼暗算，政近都有自信能夠應付。不過，只有這個搭檔的嬌羞俄語……實在不知道該如何閃躲。政近悄悄嘆了口氣。

第10話 戀心

晚間七點多。學生會的七名成員，來到距離別墅徒步約二十分鐘的神社。走上長長的石階鑽過鳥居，前方是長長的石板路，深處是正殿。石板路兩側排列許多攤位，呈現非日常的熱鬧氣氛。

「喔喔～～……不，比想像的還要正式耶？」

政近一直以為是「當地的小小節慶」，忍不住吐槽路邊攤數量與遊客人數。身穿浴衣的統也隨即有點驕傲地笑著開口。

「嚇到了嗎？順帶一提，煙火的規模也相當大哦？而且到時候神轎也會登場。會從正殿前方出發繞神社一圈。」

「真的嗎……」

聽到統也這段話，女生們也做出佩服與吃驚各半的反應。這群女生明明沒有事先特別說好，但是五人都穿上華美的浴衣，看見這一幕的政近由衷冒出「幸好有帶浴衣過來……」的感想。

（不枉費我預先請爺爺寄給我……在這種規模的祭典，如果只有我穿便服，就是非常無地自容的狀況了。）

勉強免於格格不入，政近對此悄悄鬆了口氣。

話說回來，女生們真是亮眼無比。黑髮加上純日本長相的茅咲、有希與綾乃不用說當然很適合穿浴衣，艾莉莎與瑪利亞也是……雖然感覺像是體驗穿和服的外國觀光客，卻非常美麗。

像兩人這樣胸部豐滿的女性，圍上腰帶之後看起來會胖胖的……不過這個缺點也以穿衣技術巧妙掩飾。負責幫大家穿浴衣的綾乃，女僕實力在這裡發光發熱。只不過關於瑪利亞，還是透露出「能以技術掩飾的質量終究有限……」的感覺。

「哎，總之先大致逛一圈吧。」

「說得也是。」

面對鱗次櫛比的攤位，眾人暫且決定從前方依序逛一遍……不過大概是聚集了這麼多的亮麗美少女造成弊害，不到幾分鐘就有一群陌生男性前來搭話。

「欸欸，你們是觀光客嗎？」

「唔哇好棒，有超可愛的妹子耶！」

乍看大概是大學生的男性六人組。所有人都穿便服而且兩手空空，明顯看得出他們的目的不在祭典。

在他們搭話的時間點，統也與政近就迅速走到前方，不過二對六終究無法保護所有女生。這群男性熟練地兵分二路圍成半圓形封鎖退路，朝著女性們投以估價般的視線。

「有什麼事？搭訕的話就免了，可以去找別人嗎？」

「嗯，我們純粹是來享受祭典，請讓路。」

政近斷然表態拒絕，雙手抱胸的統也以魁梧身體威嚇，但是對方就只是嘻皮笑臉完全不退讓。

「好了好了別這麼說，我們是當地人，所以可以幫各位帶路哦～～？」

「妳好可愛耶～～叫什麼名字？」

「欸欸，妳的頭髮是天生的嗎？啊，聽得懂日語嗎？」

在應付眼前男性的時候，其他男性也裝熟向女性們搭話，使得政近冒出難以言喻的厭惡感。他和統也以視線溝通之後迅速向側邊移動，嚴厲瞪向站在有希與艾莉莎前方的男性們。

「那個，說真的可以別這樣嗎？女生們會怕，請不要圍著她們施壓。要是過於糾纏不休，我要叫警察過來哦？」

「不不不，太誇張了啦～～」

「我們並沒有施壓喔～～欸，告訴我名字吧。What's your name?」

政近的話語似乎完全無效，這名男性掛著戲謔表情，隔著政近向艾莉莎與瑪利亞搭話。政近不耐煩地抽動臉頰時，背後傳來兩人分的俄語。

「Обезьяна, возвращайся назад в лес!（猴子就給我回山上吧）」

「Фу, противно!（唔哇，好噁心～～）」

「？！」

越過背部傳入耳中的惡毒俄語，使得政近明知不是這種場合還是差點笑出聲。

「唔哈，這是哪國話？超有趣的。」

不過，一名男性在這時候笑著朝艾莉莎伸出手，政近在這一瞬間感覺到意識啪的一聲切換了。原本想要息事寧人的想法剎那之間從腦海消除，他抓住男性的手腕，毫不留情朝手掌使力並且嚴厲一瞪。

「不准碰。」

完全感覺不到熱度的冷酷聲音。同時政近全身釋放非比尋常的殺氣，認識他平常模樣的學生會成員們都倒抽一口氣。被政近狠瞪的男性也收起嘻皮笑臉的表情退後一步。但他像是立刻覺得這樣的自己很丟臉般露出犀利視線，壓低聲音威嚇：

「……啊？你這傢伙是怎樣？給我放手。」

兩人之間竄過一陣緊張氣氛，眨眼之間傳播到周圍。男性六人組收起吊兒郎當的態度，開始披上危險氣息。統也見狀靜靜下定決心，有希暗中握緊拳頭，綾乃以手指夾住即將從袖口射出的三根自動鉛筆……一觸即發的氣氛急遽高漲時，左側的兩名男性突然無聲無息跪倒在地。

所有人一齊轉頭看向該處，這一瞬間，政近前方的兩名男性因為脖子後方中招而昏倒。轉眼之間剝奪四名男性意識的人，是我們至今不發一語的副會長大人。

「呃，咦——？」

「不對……啊？」

兩名男性看起來無法理解狀況，睜大眼睛後退。茅咲從正前方接近他們，以肉眼看不見的速度從側邊打向下顎，同樣將他們打昏。

短短幾秒就將六名男性打倒在地，至今在遠處圍觀的人們一陣驚呼。但是茅咲對這些看熱鬧的目光毫不在意的樣子，她以雙手分別提著兩名男性的衣領後看向統也。

「啊，抱歉統也，那邊的兩人可以交給你嗎？」

「……啊啊，我知道了。」

對於女友的請求，統也露出五味雜陳的表情點點頭。確認統也抓起兩名男性的衣領之後，茅咲若無其事這麼說：

「抱歉，你們可以先走嗎？我要把這些傢伙折疊起來堆到角落以免擋路。」

「這應該是不會用在人體的動詞。折疊……咦？」

「嗯？想看嗎？」

「不用了。」

完全變成嚴肅表情的政近立刻回答，茅咲回應「是嗎？」揚起單邊眉毛，走向攤販後方的雜樹林。昏迷的六人組逐漸消失在神社境內的樹林。沉入夜晚黑暗的雜樹林不知為何看起來像是通往陰間的入口，政近靜靜移開視線。

「呼……」

然後他吐出長長的一口氣讓腦袋冷靜，重新面向留在原地的四人深深低下頭。

「不好意思，我一時心急，反而害得各位暴露在危險之中。」

直到剛才的恐怖氣息消失得無影無蹤，政近為自己一時衝動把事情鬧大向眾人道歉，此舉使得艾莉莎吃驚般眨了眨眼睛。但她立刻慌張將手放在政近肩膀，結結巴巴出言安撫。

「咦，別這麼說……你出面保護我，我很開心。所以抬起頭吧？」

接著，其他三人也接連開口。

「我不在意啊？畢竟對方看起來也不太想收手。」

「您剛才非常勇猛。在下感動到發抖了。」

「不用道歉沒關係哦～～？因為剛才很帥！好啦，一起去逛祭典吧？」

繼艾莉莎之後，瑪利亞也前來溫柔拍肩，政近抬起頭來。映入眼簾的是似乎有點擔心的艾莉莎以及掛著慰勞笑容的瑪利亞。此時，瑪利亞牽起政近與艾莉莎的手。

「你們兩人快看，那邊有棉花糖耶～～？」

「呃，嗯。」

「啊，不，我不吃棉花糖……」

「是嗎？那麼艾莉，我們走吧～～」

政近一時之間不禁婉拒，目送艾莉莎與瑪利亞前往棉花糖攤位，緊接著後悔自己枉費學姊的貼心。但他終究無法這麼快切換成享受祭典的心情。即使得到四人原諒。自己也確實因為一時衝動害得事態惡化，最後由學姊收拾爛攤子。政近基於立場只能反省自己的輕率。

大概是察覺哥哥的內心想法，有希悄悄接近過來輕聲搭話：

「總之別這麼消沉啦，你剛才很帥哦？」

「真是謝謝妳啊……」

「別這麼在意吧？為女生動怒是正義耶？艾莉同學剛才肯定也心動動喔。」

「不，這是在說什麼……」

政近傻眼嘆氣，不過和妹妹一如往常進行阿宅對話之後，也多少重振心情了。然後他忽然想起自己原本要說什麼，斜眼瞪向妹妹。

「慢著，對了，妳的停戰協定怎麼了？」

政近以視線詢問「國王遊戲之後的那個挑釁是怎麼回事」，有希隨即露出鄙視的眼神。

「啥？停戰協定這種東西，是為了暗算掉以輕心的對手才簽訂的吧？」

「可惡，我無法否定。」

「而且那是想讓你們兩人趁著這個機會一口氣拉近距離，算是漂亮的助攻吧？」

「妳也太雞婆了……」

「說這什麼話。在這個暑假，你們的親密度提升很多吧？嗯嗯？」

「不，沒這種事……」

妹妹展露看熱鬧的心態以手肘輕頂，政近一邊否定一邊回想。在這個暑假和艾莉莎留下的回憶……回想起來卻只浮現艾莉莎氣沖沖的臉蛋，政近「嗯？」地僵住。

（被弄到升天，又是被踢又是被揍……咦？真的完全沒提升親密度耶？反倒還下降了？）

即使再怎麼回想，也只出現自己失敗的記憶。別說拉近距離，甚至是必須擔心艾莉莎是否心灰意冷的程度。

（咦，不會吧……暑假期間的我也太垃圾了……？）

感受到危機的政近，看著手拿棉花糖走回來的九条姊妹，輕聲低語。

「我去……討好艾莉一下。」

大概是從政近充滿危機意識的表情察覺到某些事，有希也以稍微溫馨的眼神關懷哥哥。

「……好的，路上小心～那麼，我去用巧克力香蕉傳授服侍的心得給綾乃。」

「給我住手，笨蛋。」

「……開玩笑的啦。我想想……啊啊，我去那個切糖攤位弄哭店長吧。」

「……要適可而止喔。」

「啊，對了。相機給你用。好，綾乃我們走吧～」

「是，有希大人。」

政近接過數位相機，目送兩人意氣風發前往切糖的攤位之後，艾莉莎與瑪利亞回來了。政近轉身看過去，不由得睜大雙眼。

「喔喔……」

「嗯？什麼事？」
「沒有啦，想說妳們明明只是拿著棉花糖，看起來卻非常上相。」
「哎呀，真的嗎～～？」
「……這是怎樣？」
瑪利亞露出軟綿綿的笑容按住臉頰，艾莉莎像是不知該如何反應般皺眉。不過這個感想不是要討她歡心，是真心話。浴衣與棉花糖。明明只是這樣卻上相到驚人的程度。政近甚至忍不住拿起相機按下快門。
「啊，等一下……拍照的話要先說啦。」
「沒有啦，我不想錯過按快門的機會……不願意的話我就刪除吧？」
「並不是不願意……可是像是表情之類的，那個……」
「放心吧，因為妳不管是什麼表情都很上相。」
「啊，是喔……」
大概是終於不知該如何反應，艾莉莎冷淡別過頭吃起棉花糖。瑪利亞會心一笑看著這副模樣，卻被艾莉莎狠狠一瞪，只好稍微下垂眉角改變話題。
「話說回來，有希與綾乃她們去哪裡了～～？」
「去玩切糖了。」

「切糖？」

「那個，該怎麼說明？玩的時候會拿到一片用粉末加壓製成的易碎糖板，然後用針或是牙籤把上面畫的圖樣挖出來……只要挖出來之後沒破掉或是缺角，就可以得到獎金或獎品。」

「哇～～感覺很好玩耶～～」

「這不太適合新手哦……？而且熱中的話，時間會過得很快。」

「是嗎？那麼晚點再玩比較好嗎～～？」

「說得也是。先去想玩的攤位，之後有時間再去玩切糖比較好吧？」

政近向瑪利亞說完，忽然察覺艾莉莎看著撈金魚的攤位。順帶一提，本應在她手上的棉花糖已經成為普通的竹籤。真是太神奇了。

「艾莉，妳想撈金魚？」

「是的，我有點興趣。」

「喔，那就來玩吧。瑪夏小姐呢？」

政近心想「這是耍帥的好機會！」看向瑪利亞，瑪利亞舉起棉花糖回應。

「我還有這個，所以旁觀就好～～」

「那麼，可以幫忙拿這個嗎？」

「好的～～啊，相機也給我拿吧？」

「啊，好的，謝謝。」

艾莉莎與政近分別將竹籤與相機交給瑪利亞，一起前往撈金魚的攤位，然後付兩百圓給店長大叔並且接過三張紙網與小碗，蹲在塑膠水池前面。

然後在這個時間點……政近察覺了。「啊，這傢伙是外行人」。

首先，把裝水的碗拿在手上就不及格。那樣只會增加撈魚的距離，更容易讓紙網受損。而且探頭看水池也不對。一旦水面出現影子，金魚會逃走。如果硬是要撈逃走的金魚，自然就——

「啊——」

第一張紙網早早就破損，艾莉莎輕聲一叫，以犀利視線拿起第二張紙網。政近以餘光看著這樣的她，在小碗裝水裝到快滿出來的程度，就這麼讓小碗浮在水面，然後利用碗的影子把金魚趕到面前，像是劃破水面般讓紙網斜向滑入水中。

「喔！」

維持力道，以圓弧動作將金魚撈進小碗。看到政近就這麼接連捕獲第二與第三條金魚，瑪利亞開心歡呼。

「久世學弟好厲害喔～～」

這句純粹的稱讚使得政近心情大好，將習得的技術發揮得淋漓盡致。原本打算展露一定程度的身手之後指導艾莉莎……不過瑪利亞的歡呼聽起來意外痛快，不小心就使出一次撈三條的無益技巧。結果政近在最後用光三張紙網時，碗裡已經裝滿金魚。以數量來說隨便就超過三十條吧。

「唔哇，神乎其技耶～～」

「呼……」

政近對瑪利亞的掌聲露出滿意般的笑容，轉頭看向艾莉莎……看見艾莉莎不甘心般瞪著空碗時，政近的笑容僵住了。

（慢著，我大獲全勝是怎樣？不對，沒在比賽就是了！）

政近事到如今才察覺自己熱中於撈金魚，忘記原本的目的是要討好艾莉莎。溫柔教她如何撈金魚藉以提升好感度的計畫消失無蹤。

「那個，艾莉……要教妳怎麼撈嗎？」

「……不用了。謝謝。」

政近慢了好幾拍才表示自己可以指導，但是艾莉莎簡短駁回這個提案，將破掉的紙網與碗交給店長之後站起來。政近也後悔自己鑄下大錯，婉拒收下金魚之後立刻追上去。

「那……那裡有釣水球的攤位耶？接下來要不要玩那個？」

然後為了努力挽回局面，政近邀艾莉莎前往附近的釣水球攤位。這一攤看起來是計時制，費用設定為三十秒一百圓。形狀像是競技場跑道的中空橢圓形水槽浮著五顏六色的水球。瑪利亞看著攤位舉手回應。

「啊，我想玩～～」

「……那麼，我也要。」

「那就三人一起玩吧。」

三人排成一列蹲下來，拿起前端綁著小小四叉鉤的釣線，然後配合店長的倒數讀秒，一齊瞄準水球的橡皮圈……

「啊——唔！」

「哎喲，真是的～～」

又輕又不可靠的釣線害得艾莉莎與瑪利亞大大陷入苦戰。釣鉤無法維持自己想要的方向，即使勾到橡皮圈也立刻鬆脫，沒能釣起水球。就這麼經過二十秒之後，成果依然是零。

在這樣的狀況中……政近一邊將注意力分散到兩側的兩人，一邊等待機會。

（兩人都陷入苦戰了……好，這時候是重頭戲。我就在這時候俐落釣起三人分的水球，清算剛才撈金魚犯的過錯吧！）

政近鼓足幹勁凝視水面。剩下四秒的時候，時機來臨了。

（——這裡！）

和水流反方向往上翹的橡皮圈，政近迅速以鉤子勾住，斜向拉起釣線。然後抓準釣線拉直，釣鉤瞬間固定的時間點，同時勾住附近的兩個橡皮圈。

「好！」

「咦，三個？」

「哇，好厲害～～！」

正如計畫一次釣起三顆水球，政近露出滿意的笑容。在這個時間點，設定為三十秒的計時器響起……同時，無法承受重量的釣鉤脫離釣線，落在水面。

「咦——？」

響起拍打水面的嘩啦聲，接著水花四濺，不只是濺溼政近的腳，也飛濺到兩側的兩人身上。

「啊，抱……抱歉！」

基於弄溼美麗浴衣的罪惡感，政近慌張不已取出手帕，卻也不敢把自己用來擦手的手帕提供給兩人。在他這麼猶豫的時候，兩人拿出自己的手帕擦拭水滴。

「對不起……」

「這種程度沒關係啦。你又不是故意的。」

「反正沒那麼溼，別在意哦～～？不提這個，久世學弟也快點擦乾吧。」

「啊，不……不好意思。」

瑪利亞幫忙擦浴衣，政近惶恐不已。結果，他們還是獲得最後釣起來的水球，正如計畫成功讓三人各拿一顆水球……不過對於政近來說，弄溼兩人浴衣的罪惡感更加強烈。

（不……不對！還有！接下來肯定還有挽回的機會！）

政近重新如此思考，意氣風發要努力展現帥氣的一面……不過後來他的幹勁也完全空轉。

在打靶攤位，雖然漂亮打下瑪利亞想要的人偶，但是人偶落下時撞傷臉部導致氣氛變得微妙。請她們吃炒麵當成弄溼浴衣的賠禮時，胡亂猜測三人交情的低俗店長，以滿是限制級用語的超低級口吻起鬨。

即使在套圈圈攤位漂亮套中一獎的電玩軟體，但是後方排隊的小孩因為想要的獎品沒了而放聲大哭，使得政近感到非常難以自容。政近並不是真的想要這個遊戲，所以將遊戲軟體送給這個孩子，好不容易讓小孩止哭……然而就算這麼做，一度被破壞的祭典快樂氣氛也沒能復原。

「……總覺得很抱歉。」

目送牽著孩子的手頻頻鞠躬的父母離開之後，政近向兩人謝罪。

「嗯？為什麼要道歉？這不是好事嗎～～？」

「不，該怎麼說……從剛才就老是發生無法純粹享受祭典的事……」

看見政近自嘲般一笑，艾莉莎有點為難般笑著開口：

「這不是你的錯……好了啦，吃個甜食打起精神吧？」

然後艾莉莎稍微移開視線，將手上的巧克力香蕉遞給政近。

「咦，啊，謝謝……？」

即使「間接接吻」或是「瑪莉亞的凝望」這種想法掠過腦海，看著遞到眼前的巧克力香蕉，政近還是半反射性地咬下去。不過……他為了避免間接接吻而朝著正中央咬下是一大敗筆。

「啊——！」

巧克力香蕉從政近咬下的部位折斷，上半截掉下去了。

艾莉莎連忙伸手要接，但是斷掉的香蕉在艾莉莎手上反彈，掉落地面。

「啊啊……」

「啊，抱歉！」

「哎呀～～失敗了～～」

無從解釋的失態令政近僵住的這時候，瑪利亞迅速蹲下去撿起落地的香蕉。

「那個，去丟垃圾順便洗個手吧？」

「……也對。啊啊，政近同學在這裡等吧。」

「啊，不，我也一起……」

「在這裡等。」

不能讓兩個女生自己行動……政近如此心想要求同行，艾莉莎卻加重語氣命令他留下來等。此時政近察覺到兩人是基於另一個意思要去洗手。

「啊，那麼……路上小心。」

政近在察覺的同時，反省自己剛才的發言一點都不體貼。像這樣懷著難以言喻的心情目送兩人時，有希與綾乃從反方向走過來。

「政近大人，讓您久等了。」

「喔喔……切糖切完了？」

「嗯。切出奈亞拉托提普還有莎布．尼古拉絲之後，店長大叔都快要哭出來了，所以我放他一馬。」

「雖然完全無法想像是什麼圖樣，但我只知道是褻瀆級的難度。」

政近無力吐槽之後嘆氣。總覺得哥哥看起來很沮喪，有希揚起單邊眉毛。

「我的哥哥大人，怎麼了？發生了什麼事？」

「有希……今天的我可能已經不行了……」

「呃，嗯，說真的怎麼了？看你都快哭出來了。」

看到政近反常露出消沉模樣直接說出喪氣話，有希臉頰抽動，綾乃反覆眨眼。

但是在政近說明原因之前，統也與茅咲就走過來了，政近只再度嘆氣一次，然後切換心情。

「久等了～～」

「啊啊，兩位好。那個，不好意思，都是我害的……」

「咦？啊啊，不用在意沒關係哦？反倒是……因而可以單獨和統也逛攤位，所以賺到了？」

「哎呀哎呀，兩位感情真好。」

「唔……哎，因為我們是情侶啊。」

「哎呀真是的，呵呵。」

兩位學長姊有點害羞又開心般笑了。實在不像是剛才動過粗的兩人露出這麼幸福的模樣，政近也稍微苦笑聳肩。

五人就這麼站著聊一陣子之後，艾莉莎與瑪利亞也回來了。七人討論接下來要逛哪裡的時候，正殿方向傳來咚咚的太鼓聲。

「喔，神轎來了。也就是說，放煙火的時間快到了嗎？」

正如統也所說，大小共三座神轎從正殿方向走在石板路中央接近過來，人們朝兩側迴避讓路。同樣移動到石板路邊緣的政近暗中嘆氣。

（既然要放煙火，代表祭典差不多快結束了嗎……總覺得我真的老是出糗。）

原本想要清算至今在艾莉莎面前出的糗卻反而變成累加，使得政近心情消沉。就在這個時候，浴衣手肘部位被輕輕拉扯，政近轉頭一看，艾莉莎稍微皺眉看著他。

「真是的，別露出這麼無精打采的表情。我之前說過吧？就是……」

「？」

艾莉莎稍微在意政近對面的五人而含糊其詞。不過即使聽她說「就是……」也過於抽象，政近聽不懂她的意思。

「就是……之前一起出門的時候……在家門口……」

「家門口……？」

即使焦急的艾莉莎給了提示，政近一時之間還是想不到。

（一起出門的時候……？她說的家門口是公寓走廊嗎？當時發生了什麼事？）

政近一邊游移視線一邊搜尋記憶時，艾莉莎輕聲說「真是的！」表達不滿，以食指彈向政近臉頰。

「真是的，一點都不懂女人心……」

「咦，啊？總覺得很抱歉？」

政近按住臉頰眨了眨眼。艾莉莎冷眼看他一陣子之後忽然輕聲一笑，愉快注視政近的臉。

「話說回來……原來你也會像這樣在失敗之後消沉啊？」

「這是什麼話？我會喔。」

政近稍微揚起眉角，以一副「這是當然的吧？」的視線回應，艾莉莎隨即有點不滿般噘嘴。

「……因為，你總是一派從容就把一切處理妥當，所以我還以為你不會在事情不順利的時候消沉。」

「……如果在妳眼中是這個樣子，只是因為我表現成這個樣子。實際上我也和正常人一樣會消沉。」

政近說完之後，立刻後悔自己這麼多嘴。

（我這呆子。主動揭發自己丟臉的一面是怎樣？）

政近暗自咒罵，不過艾莉莎說著「是喔……」靠近半步，輕輕依偎般讓政近碰觸她的手臂，然後就這麼面向前方輕輕牽起政近的手。

「唔？艾……艾莉？」

政近因為突然牽手而慌張，但是艾莉莎沒看向他，靜靜開口：

「……從今以後別隱瞞，也要讓我看見這一面。」

「咦？」

「我也……我也想要扶持你啊？因為是搭檔。」

艾莉莎噘著嘴，像是不高興般這麼說。然而即使不是政近，也清楚知道這只是在隱藏害羞的心情。不知道艾莉莎是否察覺這一點，她像是宣洩不滿般繼續說下去：

「總是受到你的協助實在不合我的個性……所以我要你偶爾接受我的協助。」

「這是什麼命令？」

這個命令的內容一反語氣非常可愛，使得政近忍不住失笑。艾莉莎視線瞬間變得銳利，握著政近的手伸出指甲插下去。

「少囉唆，不准笑。」

「痛痛痛，抱歉抱歉。」

即使道歉，臉上還是洋溢笑容。艾莉莎笨拙卻率直的話語，令政近消沉的心變得暖呼呼的。

「謝謝，光是妳有這份心意，我就好開心。」

政近筆直注視艾莉莎的雙眼溫柔訴說。這是政近毫不虛假的真心話。事實上，光是艾莉莎的話語與心意，就拯救了政近陷入自我厭惡的心，但是艾莉莎似乎不是這麼解釋。

「什麼嘛……我都說到這種程度了，你還說這種話？」

「咦，咦？」

看到艾莉莎真的不悅板起臉，政近不知所措。然後他察覺自己剛才所說「光是妳有這份心意～～」這句話被解釋成婉拒的意思，連忙解釋。

「不，我不是這個意──」

「算了。我火大了。」

艾莉莎不屑般輕聲說完，迅速鬆手轉過身去。

「呃，喂……？」

「別跟來。」

然後她留下這句話快步離開。政近伸到一半的手無處可去，在半空中迷失。

「那個……」

該不該追過去？政近還在猶豫時，這次是被人從背後拉袖子。轉身一看是有希，再過去是已經相當接近的神輴。

「政近同學，相機給我。」

「咦，啊啊。」

政近依照有希的要求交出相機之後，有希朝著神輴按快門。

「會長、更科學姊，我要一起拍哦？」

「咦，真的？」

「喔，謝啦周防。」

然後，其他成員也入鏡接連開始拍照。政近以餘光看著這一幕沒多久，艾莉莎回來了。

「喔喔，歡迎回……來？」

艾莉莎願意回來，政近鬆了口氣……不過看到她手上拿的東西，政近忍不住歪過腦袋。白色的折疊式容器。從容器縫隙隱約露出的物體，怎麼看都是章魚燒。

「……妳這麼想吃？」

「不是啦。」

艾莉莎狠瞪政近回應，然後稍微露出整人般的笑容開口。

「來玩遊戲吧？」

「啊？遊戲？」

「是的。」

此時，帶頭的神輿來到不遠處，其他學生會成員的視線集中在神轎。但是政近與艾莉莎不在意周圍的喧囂，只注視著彼此。

「有希同學說的命令，我們沒實行就逃避了，不覺得很不甘心嗎？」

「唔咿？呃，啊啊……不，可是……那個？」

艾莉莎出乎意料的話語，使得政近想起有希的命令……「相互親吻」，因而慌張不已，而且在慌張的同時瞥向身後的有希確認，然後壓低聲音開口：

「那個命令終究……不太妙吧？」

「我不在意。因為我比較討厭被認為不敢面對。」

「咦咦～～……」

艾莉莎以充滿決心的眼神筆直注視，政近不由得看向遠方。但他還是想要努力說服，以視線示意周圍之後觀察艾莉莎。

「可是……要在這裡嗎？」

政近結巴說完，艾莉莎像是正合己意般咧嘴一笑。

「所以才要玩遊戲……如果你贏了，我就在回到別墅之後安慰你。這樣好了……我就讓你躺大腿溫柔摸你的頭，然後親你的額頭。」

「唔，喔……真的？」

政近忍不住想像這幅光景，以正經音調反問。平常傲度總是偏高的艾莉莎，居然要以大腿枕溫柔安慰，還會親額頭。政近其實已經沒在消沉，所以沒什麼好安慰的，不過這個提案依然過於迷人。

政近無可避免被撥弄男人心，艾莉莎挑釁般朝他抬起下巴。

「不過，你當然也要背負風險哦？我的大腿枕可沒那麼廉價。」

「……好，我輸的話要我做什麼？」

「我想想……啊啊，不然就把我帶走，怎麼樣？」

「啊？」

政近眨了眨眼，艾莉莎咧嘴露出笑容。

「在人群中拉著我的手，把我帶到四下無人的地方吻我，這樣如何？對……必須是熱情的吻哦？」

聽到艾莉莎告知的內容，政近臉頰扭曲。

「……好殘忍的羞恥玩法。簡直是連續劇的最高潮吧？」

「呵呵，大家肯定會嚇一跳吧？不過這是當然的。我輸了一樣要做害羞的事，所以你也要做到這種程度才行。」

「……所以，遊戲的內容是？」

艾莉莎對於政近這個問題輕聲一笑，愉快舉起章魚燒盒。

「規則很簡單。用這盒俄羅斯輪盤章魚燒來比賽，抽到錯的就算輸。」

「俄羅斯？因為妳的國籍？慢著，祭典為什麼會賣這種東西？咦，錯的章魚燒包了什麼料？」

「好像是大量的芥末。」

「那是諧星在吃的東西吧……話說那個，不能在吃到的時候裝傻嗎？」

政近說完就重新心想「不對，既然是兩人比賽，忍耐也沒有意義。因為自己沒吃到的話就是對方吃到」，艾莉莎也像是理解這一點般聳肩。

「在這種狀況，就在全部吃完之後，讓對方猜哪一顆是錯的。如果沒猜到就算平手，進行第二回合。」

「這樣的話，就算被猜到也可以謊稱猜錯吧……」

「這部分要保持紳士態度進行喔。」

「啊啊，好的好的收到。」

「那麼，讓你選擇先攻還是後攻吧。你要選哪個？」

「……那我後攻。」

政近稍微思考之後選擇後攻。接著，艾莉莎沒特別遲疑就以竹籤插起靠近自己這邊的章魚燒，毫不猶豫送入口中。

「來，請吃。」

「……好。」

然後她就這麼掛著挑釁的笑容遞出盒子。看著她這副模樣……政近確信了。

（這傢伙，看來有動過某些手腳……）

說起來，這個規則無論怎麼想，擅長吃辣的政近都占壓倒性的優勢。但是艾莉莎的態度充滿自信到無法理解的程度。而且她吃章魚燒的時候似乎也沒提防選錯。

從這些線索導出的結論是……換句話說，她作弊。從一開始就確信自己會贏，才會採取那麼強勢的態度。

（啊啊，原來如此……是「枉費我這麼貼心，你要接受報應」的意思嗎？）

看來剛才「光是妳有這份心意，我就好開心」這句話令她非常不高興。察覺這個遊戲的真正目的，政近聳了聳肩。

（哎，明明鼓起勇氣伸出手卻被婉拒，當然會火大吧……不，但是這是誤會。）

然而雖說是誤解，政近也確實拒絕了艾莉莎的善意，也可以說是害得鼓起勇氣的女生蒙羞。那麼……這時候應該乖乖中計藉以贖罪吧。要灑脫敗北，努力儘可能做出激烈的反應，承受艾莉莎的失笑。如果這樣就能讓艾莉莎消氣最好。

（唔～～但我不擅長忍受芥末的嗆辣……哎，至少小心千萬別吐出來吧……）

像這樣心想的政近下定決心，接連將章魚燒送入口中……

（咦？沒抽到啊？）

不過吃下第三顆的時候，他感到意外以及些許的不對勁。

「那麼，我這是最後一顆。」

艾莉莎說完之後，果然也毫不猶豫將第四顆章魚燒送入口中，露出挑釁的笑容。從她臉上絲毫感覺不到忍受嗆辣的模樣。

（這是偶然嗎？從至今的表現來看，艾莉莎也像是確信自己必勝……只是我剛好一直都沒抽到錯的那一顆……？）

「好啦，最後一顆了。」

「啊，啊啊……」

政近思考的時候，盒子遞到面前，他以竹籤插下最後一顆章魚燒。但他在這段時間也沒停止思考。

（怎麼回事？總覺得怪怪的……可是，對艾莉不利的遊戲規則，以及她毫不猶豫的舉止，作弊的成分絕對……啊。）

此時，政近察覺了。察覺了可以說明一切突兀感的唯一解答。

反過來了。沒有什麼作弊的成分。真正不存在的不是作弊成分……

（錯誤的選項……如果從一開始就不存在呢？）

這麼一來，所有的前提條件都不成立。沒錯，這不是必勝策略。反倒該說這個遊戲是……

（……既然一開始就沒有錯誤選項，我當然不會抽到。這麼一來依照規則，我必須猜出艾莉吃的第幾顆有芥末……不論我是否猜對，始終是由艾莉自己告知。換句話說……）

是的，換句話說……對於艾莉莎來說，這是必敗的遊戲。

察覺這一點的瞬間，政近被一種像是傻眼，也像是會心一笑……這種難以言喻的心情襲擊，稍微露出苦笑。

真是笨拙的安慰方式。利用玩遊戲的名義，解釋這是因為敗者要接受處罰所以情非得已……這個溫柔的搭檔打算以這個藉口安慰政近。但是……

（必須這麼做，我才會接受安慰……是我害她這麼認為的嗎？）

理解一切的政近，將最後一顆章魚燒送入口中咀嚼……不過果然完全不覺得辣。這一瞬間，艾莉莎露出笑嘻嘻的表情。

【我贏了。】

她輕聲說。這句俄語使得政近確信自己的推測正確——

（哎，既然察覺了……我可不能率直拿下勝利。）

在內心呢喃之後，政近睜大雙眼，啪的一聲將手按在嘴巴。

「喔咕，啊，好辣！」

「啊？咦，咦？」

「～～～！好，好辣……唉～～是我輸嗎……」

政近嚥下嘴裡的食物抬頭一看，和慌張眨眼的艾莉莎視線相對。她困惑與混亂交錯的這張表情，引得政近咧嘴一笑……從她手中搶過空盒，然後以另一隻手摟住艾莉莎的腰抱過來。

「那麼我們走吧？大小姐？」

「咦，啊，好的——？」

政近在極近距離惡作劇般這麼問，確認睜大雙眼的艾莉莎點頭之後，抓住她的手飛奔而去。

「咦，喔，政近同學——？」

背後傳來有希充滿驚訝的聲音，但是政近頭也不回一直跑。留下五人跑向神社的鳥居。

政近一邊關心艾莉莎防止她跌倒，一邊在人群中不斷前進。在超越神轎，看見鳥居時……響起「轟」的響亮聲音，夜空綻放大朵煙火。以視野一角捕捉這幅光景的政近繼續奔跑。穿過鳥居，跑下石階，直到抵達鋪滿碎石的小型停車場才終於停下腳步。

這座停車場是海拔比較高的平臺，走到底就看得見沿海城鎮的夜景……以及夜空綻放的煙火。

「……」

默默穿越停車場，走到木製柵欄前方之後，政近終於鬆手。兩人就這麼並肩仰望煙火十秒左右，此時艾莉莎忽然以有點嚴厲的語氣「欸」了一聲。

「嗯？」

轉頭一看，艾莉莎掛著不悅表情瞪向這裡。不過政近完全知道原因，所以沒有慌張。

「這是什麼意思？」

「妳說『什麼意思』是指？」

「唔！不准裝傻……我知道你沒吃到錯的那顆。為什麼假裝輸給我？」

那盒章魚燒沒有超辣章魚燒，艾莉莎自己很清楚這一點。換句話說，那是政近裝出來的……是要將勝利讓給艾莉莎。艾莉莎柳眉倒豎詢問這是怎麼回事，政近不為所動稍微歪過腦袋。

「那麼，我反過來問妳。」

「……要問什麼？」

「妳為什麼打算假裝輸給我？」

聽到政近這句話，艾莉莎察覺了。察覺自己的策略與想法都被看透。艾莉莎睜大雙眼，臉頰頓時變紅，政近咧嘴朝她露出笑容。

「哇哈哈，居然妄想要給我顏色瞧瞧，總之妳還是再練個十年吧！」

政近誇耀勝利般笑完換上正經表情，以溫和的眼神注視艾莉莎。

「謝謝妳想要安慰我。不過，我真的沒事了。光是妳有這份心意，我就真的很開心。」

聽到政近真摯的話語，艾莉莎嘴巴暫時開闔……最後她深深皺起眉頭，像是撇過頭般看向煙火。政近對此露出苦笑，和她一樣重新面向煙火。

就這樣，兩人暫時默默專心欣賞煙火。將夜空染色的豔麗火光，震撼空氣的爆炸聲。以全身感受這一切的艾莉莎輕聲低語：

「……好美。」

「是啊。」

同意艾莉莎這句話的政近忽然心想。

（啊，糟了。依照慣例，這時候應該說『妳比較美』嗎？）

政近如此心想，斜眼瞥向艾莉莎的臉蛋。被五彩繽紛的煙火照亮，因為紅光與濾光而在黑暗浮現的艾莉莎側臉，果然美得令人差點感動嘆息。然而……

（唔……不對，看不清楚。絕對是在白天比較亮的地方看她比較美。）

政近腦海浮現這種毫無情調可言的感想。但他同時也覺得應該履行承諾……所以重新將視線移向前方，抓準煙火迅速升空綻放的時間點開口：

「Ты красивая.（妳好美）」

這句呢喃被震撼夜空的響亮聲音消除。政近偷看艾莉莎的臉，確認自己的俄語沒傳入她耳中，伴隨著害羞的心情看向前方。

（唔，喔喔喔喔喔喔～～！羞死我也～～！真虧有人敢這麼做！）

政近不改表情緊咬牙關，拚命忍受著全身發癢的感覺。他的右肩……輕輕放上一隻手。

（怎麼回事——？）

以為被拍肩的政近，正要轉頭看過去之前……

「唔——」

艾莉莎的嘴唇按在政近臉頰。臉頰清楚感受到艾莉莎嘴唇與鼻尖的觸感。毋庸置疑的親吻觸感使得政近僵住了。大腦完全當機，連煙火的聲音都聽不到。

放棄運作的政近耳朵，接收到「啾」的細微聲響，然後艾莉莎的身體靜靜離開。政近至此終於只移動視線看過去，艾莉莎嘴角透露嬌羞之情，卻掛著挑釁的笑。

「你剛才說我妄想要給你顏色瞧瞧……然後怎樣？」

艾莉莎一邊玩弄耳後的垂髮，一邊得意洋洋這麼說。這句話使得政近想起自己剛才的發言以及有希的命令，但是艾莉莎那一吻過於震撼，他暫時無暇反應。

「不對，妳——這——」

政近就這麼按住臉頰語塞，艾莉莎露出計畫成功的表情，高傲抬起下巴開口：

「所以呢？政近同學，你會吻哪裡？」

這句話使得政近睜大雙眼，倒抽一口氣。

（如果——）

如果這時候將手搭在艾莉莎的肩上……艾莉莎會配合嗎？

腦海浮現這種荒唐的思考，政近立刻消除。然後他認為這時候果然應該親吻臉頰回應……但是在黑暗中浮現的艾莉莎臉蛋過於美麗，他立刻心想自己辦不到。

把嘴唇按在她白皙的肌膚。感覺自己實在不被允許做出如此褻瀆般的行為。

一度冒出這種想法之後，連親吻手背都倍感猶豫。那麼乾脆隔著衣服……政近也這麼想過，但是親吻對方的物品，總覺得在某方面來說像是變態，就算這樣，要是這時候只有自己拒絕親吻，站在男人的立場也不太對……

「～～～！」

強烈糾結數秒之後，政近下定決心靜靜走向艾莉莎，將右手伸向她的耳際。

「唔……」

政近的手指碰觸耳朵，艾莉莎酥癢般閉上單邊眼睛。但她立刻換了一張表情，筆直注視政近的臉。政近看著她的雙眼回應，右手輕輕向下捧起艾莉莎的頭髮……以自己的嘴唇碰觸髮梢，然後立刻鬆手。

（唔唔唔～～～！）

接著政近閉上雙眼，在腦中滿地打滾。羞恥心因為自己的這個行動而突破極限。

（話說，居然親頭髮！冷靜想想我居然親頭髮！一個不小心的話，那是「一人帥真好，人醜性騷擾」排名第一名的部位吧——！）

因為絕對不敢親吻肌膚，所以選擇頭髮當成苦肉計逃避……不過重新思考就發現這可能是非常做作的行為，政近在腦中瘋狂撞頭。

「呵，呵呵！」

此時傳來小小的笑聲，政近戰戰兢兢睜開眼睛，隨即看見艾莉莎按著嘴角，以打從心底覺得有趣的眼神抬頭看他。

「呵呵……一瞬間還以為要吻我的嘴唇……居然是頭髮？」

「……少囉唆。真抱歉啊，我是個膽小鬼。」

感到羞恥又有點賭氣的政近撇過頭去。就像是覺得這樣的政近更加有趣，艾莉莎輕聲發笑，慢慢捏起政近剛才親吻的那撮頭髮……在移動視線注視的政近面前，將髮梢按在自己的嘴唇。

「唔，這——」

政近目瞪口呆，艾莉莎咧嘴朝他一笑。

「沒骨氣。」

接著，艾莉莎極為挑釁地這麼說完，突然抓住政近的手臂，以自己的手臂和政近的手臂交纏並且緊緊抱過來，然後重新面向煙火的方向，稍微將頭靠在政近肩膀。

「受不了，不懂女人心的搭檔，真令人傷腦筋。」

然後，她以傻眼般的語氣，但是臉上掛著惡作劇般的笑容這麼說。看著她的這張表情……

（啊啊，原來如此……）

政近即使不願意也明白了。不得不明白。

（艾莉，妳——）

至今一直不去正視。但是走到這個地步已經無法掩飾。已經……無法假裝沒察覺了。艾莉莎對他——對政近的這份戀心。

察覺之後……政近有種內心被勒緊的感覺。

（……可是，我——）

政近緊握拳頭，看向夜空。直到剛才純粹覺得美麗的煙火，現在不知為何看起來虛幻又惆悵。

無視於政近這樣的想法，煙火像是掌握這唯一的時機般接連綻放之後消散。夢幻又美麗的光輝，在地面映出兩人相互依偎的身影。

不能遺忘的過去

「哎呀，政近你要出去嗎？」

「嗯，有點事。」

「這樣啊，路上小心哦？」

「嗯，我出門了。」

政近向祖母揮手之後走出家門。學生會集訓結束，來到父方祖父母家的政近……在這天做出一個決定，前往某個場所。

「……好！」

政近輕聲為自己打氣，在豔陽下慢慢踏出腳步。

「……」

學生會集訓的時候，政近察覺艾莉莎對他的戀心。不知道這份戀心究竟是何種程度。是連當事人也沒自覺的淡淡戀心？還是有自覺的明確戀心……假設是後者，自己是否想和艾莉莎成為情侶？政近不知道自己的意願……不過既然已經察覺，就無法和以往一樣裝傻。

不對，即使要裝傻……在這之前也必須好好決定自己的心情與意願。對於艾莉莎的好感……自己該如何回應？

（我……喜歡艾莉嗎？）

這是集訓日之後反覆自問自答的問題。要說喜歡還是討厭，肯定是喜歡。不只如此，甚至感覺過近似愛情的情感，而且……也感受過類似戀愛的悸動。可是……

（我不知道……）

若問這是否真的是戀愛，老實說，政近不知道。不，應該說故意不去知道。政近自己也很清楚箇中原因。

（一旦回想起戀愛情感……）

無可避免都會回想起來。回想起昔日愛上的那孩子。而且政近對於忘記那孩子的自己感到厭惡，無法相信自己的戀心……結果就是視而不見。以這種方式一直逃避面對。

（但是……不可以這樣。）

差不多已經不能再逃避了。不能繼續拿那孩子當成逃避戀愛的理由。必須將過去的戀情做個了斷……好好向前看。

對於這樣的自己，有人展露了戀心。對於這樣的自己……有學姊給予了勇氣。

『因為久世學弟，你是可以好好喜歡上別人的人。』

政近將學姊隨著溫柔擁抱贈送的這句話藏在心中，繼續前進。前往和那孩子留下滿滿回憶的……那座公園。

「……！」

愈是接近公園，愈是行經熟悉的道路……政近的心愈是軋軋作響，不斷吐出厭惡感與抗拒感。即使下定決心，腳步依然笨重無比，「還是掉頭吧」「還是等到下次有機會吧」這樣的逃避念頭在內心抬頭。

但是政近依然繼續前進。忍受著無關於酷暑冒出的汗水，忍受著肚子深處捲成漩渦的反胃感覺。原本十分鐘就能到的路程，他走了三十多分鐘才終於抵達。

「……啊啊，就是這裡。」

一看到這座公園的入口，政近就覺得內心平靜得不可思議。該怎麼說，不知道真面目而令人害怕的對象，在獲得實體之後不再令人害怕……就像是這種感覺。心情突然變得平靜，政近自己也有點掃興。

（並不是……那麼需要逃避的事嗎……？）

也可能因為還不是回憶最深的場所，還沒走到有許多遊樂設施的那座廣場。以往和那孩子會合的那個場所，始終是這座大型公園的一部分，要從這裡沿著休閒步道走到公園的另一側。

「……總之，照順序來吧。」

政近像是說給自己聽般自言自語，一反輕鬆的語氣，懷著堅定的決心踏出腳步。

在帶著孩子的夫妻或是慢跑男性交相往來的這條休閒步道，政近一邊環視周圍一邊慢慢前進。

（啊，那裡……是我和那孩子玩飛盤的場所。）

看見樹木環繞的大廣場，政近喚醒昔日的記憶。像這樣看向周圍，和那孩子共度的往事就接連甦醒。

（那裡是我玩捉迷藏經常躲的地方……啊啊，那座滾輪滑梯，記得我們經常一起滑……）

都是沒有任何特別之處，平凡無奇的孩童遊戲。不過對於當時和這種孩子氣遊戲無緣的政近來說，和她共度的每天總是閃亮耀眼。出自她口中的純粹稱讚，還有那雙筆直看過來的藍色眼眸，政近覺得舒服無比，原本對母親失望而冰冷至極的心取回了熱度。如果是為了她，政近覺得自己做得到任何事。

（這條路……沒錯，是在這裡被狗襲擊……）

政近以意外溫和、平靜的內心懷念過去。回憶中和那孩子共度的每一天，果然美麗又耀眼……但是他不會因為這股光輝感到難受，也不會被失落感折磨。對於這樣的自己，政近內心鬆了口氣……忽然映入眼簾的噴水廣場卻令他停下腳步。

（這裡是……和那孩子……離別的……）

如此察覺的瞬間，政近的……封鎖在內心深處的記憶之門開啟了。

◇

【真津。】

【什麼事？】

兩人一如往常一起玩耍之後，平常以綽號稱呼的她，久違以這個名字稱呼……政近心想發生什麼事而轉身看她。

接著，總是開朗的那孩子，不知為何露出憂愁的表情……

「————」

對政近說出某件……非常震撼的事。不是以俄語，是日語。

她的話語使得政近茫然若失……回過神來的時候，那孩子已經不在了。

或許是哪裡出了差錯。下次再問她吧。如此心想的政近隔天也來到這座公園，那孩子卻不在。

後來即使反覆來到這座公園，即使再怎麼尋找，都找不到那孩子……「今天或許見得到她」「今天沒見到她，但明天……」這種淡淡的期待與落空的失望反覆上演，就這樣過了一個月，政近忽然理解到「啊啊，再也見不到那孩子了」。

後來經過沒多久，政近從爺爺奶奶家被叫回周防家，父親親口告知已經和母親離婚。這一瞬間，昔日的記憶在腦海復甦。

『哇，好帥！』

那是……什麼時候的事？記得是還在上幼稚園的時候。年幼的政近看著警察這麼說，當時父親回應：「對吧？其實爸爸以前想當警察。」

『為什麼沒當？』

政近以孩童的純真心態發問，父親露出有點惆悵的笑容開口。他說「因為我找到比夢想更重要的東西」。

當時政近聽不懂意思，不過後來得知周防家是代代擔任外交官的家系，得知父親為了和母親結婚而放棄自己的夢想成為外交官。

政近得知之後大為感動。原來父親所說「比夢想更重要的東西」是母親。父親比起自身的夢想更以心愛的女性為優先。好帥。父親大人真是太帥了。政近的童心尊敬這樣的父親。

『對不起，政近。爸爸與媽媽今後要分開住了。』

然而……母親為什麼背叛了父親的奉獻與努力？父親的努力……以及我的努力，為什麼沒獲得回報？

『我知道了。』

沒有知道的必要，也沒有理解的必要。母親大人……那個母親只不過是無法對自己丈夫與孩子表現愛情的人渣。光是這樣就夠了。

『那麼，我……我要跟爸爸走。』

不關我的事了。懶得理會了。一切都是白費力氣。渴求那個母親的視線而努力至今的每一天沒有任何價值。全都是垃圾。那就扔掉吧。

我再怎麼努力都不肯回應我的母親，即使如此依然只逼我繼續努力的外祖父，害得父親放棄夢想的這個家，我要全部扔掉。我只要有爸爸與妹妹有希就好。從今以後，我只把他們兩人當成家人活下去。只要有爸爸與有希，我就……

『對不起，哥哥大人，我……要留在這個家。』

可是，我進入妹妹房間之後……在床上撐起身體的有希，以平靜卻毫不猶豫的語氣這麼說。

這是我沒料到的話語。妹妹展現意外堅定的意志，我大吃一驚。

『是擔心氣喘的問題嗎？那妳放心。用不著待在這個家，氣喘也不會惡化。需要別人照顧妳的話，只要帶綾乃一起走……』

疑惑的我在焦躁感的驅使之下試著說服有希，然而有希沒點頭。

『為什麼？待在這個家沒有任何好處！這種家捨棄比較好！』

聽到我激動大喊，高聲說著母親與外祖父的壞話，有希露出有點落寞的笑容。

『可是……要是我離家，母親大人會變得孤單一人。』

有希只說了這句話。聽到她的話語，看見她的表情，我……再也無法多說什麼。

這一瞬間，我理解了。我一直認為必須保護，體弱多病的這個妹妹……其實比我成熟得多，擁有遠比我堅定的意志以及深厚的愛情。

我突然感到可恥。自己剛才激動大喊批判親人的行徑根本微不足道，丟臉無比。然而周防政近的小小自尊拒絕接受這個事實。

『那就隨便妳吧！』

我內心某處知道這種做法是恥上加恥，卻還是扔下這句話離開有希房間。然後就這麼不和有希見面，懷著「她現在就會過來道歉」「有希不可能願意和我分開」「只要她說聲對不起，我這個做哥哥的就原諒她吧」這種自以為是的想法度過每一天。離別的日子來臨時，看到站在母親身旁的妹妹，我才終於察覺自己的愚蠢誤解。

明明肯定是我自己拋棄一切，為什麼覺得是自己被拋棄？絲毫沒有痛快的感覺。在寒風吹進內心般的空虛之中，我茫然離開周防家。父親在身旁一直掛著愧疚表情向我道歉。

在那之後，暫時過著枯燥乏味的日子。沒有外祖父的期待，沒有那孩子的稱讚，也沒有許多要學的才藝，日子實在是平穩無比。甚至不知道自己該做什麼又做了什麼，就這麼過著無為的每一天……升上小學六年級，意識到要選擇就讀哪一所國中時，我忽然心想。對了，去征嶺學園吧。

這是一種復仇的心態。完全不依賴周防家的力量，成功就讀外祖父原本要我去的那座學園。要以這種方式讓那個外祖父與母親知道，你們放掉的這條魚是大魚。你們因為自己的愚蠢行徑而失去了出類拔萃的繼承人。

基於這種扭曲的動機，我比別人晚開始準備考試……依然順利考上征嶺學園。

怎麼樣？看見了吧？這種程度的學校，我用功半年多就考得上。我果然很厲害，很特別……我懷抱這份自負，意氣風發參加入學典禮。在臺上，以入學考試第一名成績擔任新生代表致詞的人……

『各位初次見面。我是擔任本屆新生總代表的周防有希。』

是我留在周防家的妹妹。

妹妹以無懈可擊的完美舉止與大方態度致詞。看見她得到健康身體優秀成長的模樣……我終於察覺自己不是什麼特別的人，是想換就能換的存在。真正沒價值的……真正的垃圾是我自己。行事總是情緒化，動機總是來自別人。如果沒有依賴別人，沒在別人身上尋找理由，自己什麼都做不到。不只如此還擅自依賴，如果對方沒做出自己想要的反應就擅自失望……甚至無法愛自己的親人，把一切扔給最愛的妹妹。

即使是這麼無藥可救的哥哥，妹妹依然溫柔以待。為了避免哥哥感到內疚，總是裝出又呆又宅的一面，毫不害羞表現好感。妹妹不只背負起繼承周防家的重責大任，更想要維持家族情誼。每當看見她的寬宏器量以及耀眼的靈魂光輝，我就——

◇

「唉……」

政近坐在噴水廣場的長椅，從陣陣刺痛的胸口擠出嘆息。心情糟透了。以自己和那孩子離別的記憶開始，連鎖回想起來的這段過往記憶，真的是不堪回首。

「好想死……」

不是自己是否喜歡艾莉莎的這種問題。

說起來……為什麼會自不量力認為自己配得上艾莉莎？抱著小小的空瓶，就只是四處徘徊尋找是否有人可以依靠的自己，憑什麼說自己配得上她？

「……好像笨蛋。」

明明從一開始就沒資格思考自己是否喜歡她，明明沒有這麼了不起的身分。或許因為周圍盡是擁有耀眼靈魂光輝的人，才會誤以為自己也能加入他們吧。

「……我這個人渣。」

自我咒罵的話語自然脫口而出。回想起來的昔日自己，是無藥可救到超乎想像的死小鬼。一直……至今一直認為一切都是母親的錯。然而並非如此。

現在政近就知道，毀掉那個家族的直接原因……不是別的，正是政近自己。以往即使各人有自己的想法，也會顧慮到至少不能毀掉家族的框架。那個母親也會避免孩子看見她對父親發脾氣的樣子，守住最後的防線。

然而……只有政近突破這道防線。沒隱藏自己對於母親的憎恨與反彈……這恐怕也造成雙親離婚的結果。因為兩人判斷已經無法維持家族的框架。而且如此破碎……被政近打碎的家族情誼，如今是有希拚命想保護。比任何人都深愛家族的這個妹妹，即使背負繼承周防家的重責大任，依然想要保護。

「！」

忽然間，政近好想哭。胸口顫抖，淚水湧上眼角。究竟是因為覺得自己不中用，是因為對妹妹的疼愛，還是因為憐憫……他不知道答案，就這麼不明就裡咬緊牙關，強忍淚水。現在他好想把有希……把她嬌小的身體用力緊抱在懷裡。

「……唉。」

吐出混雜各種情感的一口氣之後，政近從長椅起身。一開始的目的，走遍和那孩子回憶中的場所，為過去戀情做個了斷的目的……還沒完成。但他覺得已經夠了。

自己原本就配不上艾莉莎。不對，肯定配不上任何人。憎恨家族，毀掉家族，連唯一最愛的妹妹都無法保護的自己配不上任何人。沒資格獲得新的家族情誼……以及用來建立這份情誼的愛情。因為即使獲得……自己恐怕也無法好好珍惜。

「……回去吧。」

政近逕自低語之後踏出腳步。夏日陽光火熱得刺痛肌膚，身體深處卻徹底冰冷得感覺不到這股熱度。簡直是以冰冷的黏土代替五臟六腑塞入體內。全身如同泥土般沉重，非常不舒服。

政近慢吞吞走到休閒步道，就只是沿著步道行走。就這樣走到叉路時，政近停下腳步。

「……」

走右邊的叉路是公園出口。走左邊的叉路，會走到和那孩子留下最多回憶的地方……和那孩子共度最長時光，有許多遊樂設施的那座廣場。政近猶豫片刻之後……慢慢朝著左邊岔路踏出腳步。他自己也不知道原因。或許是想趁著這次走遍所有場所，省得將來還要再來一次……也或許是懷著自暴自棄的心情，想做出更加傷害自己內心的自殘行為。

不知道答案的政近就這麼繼續前進。低著沉重的腦袋注視地面前進。柏油路面的休閒步道在最後變成混雜碎石的沙地。慢慢抬頭一看，和記憶相比小很多的廣場映入眼簾。

以路緣石圍成的沙坑。並列的四座紅色鞦韆。前方就是馬路，以防止暴衝的小型護欄區隔。小時候，在跑到那孩子身旁之前，都必須鑽過那些交錯設置的小型護欄，所以總是覺得很麻煩。政近想起以前這樣的自己輕聲一笑，看向左側。那裡是那座挖了好幾個洞的圓頂狀遊樂設施。設施的頂端……

「咦——？」

有一個熟悉的人影。出乎預料……不可能位於該處的人物，使得政近停止思考。政近就只是愣在原地茫然眺望時，仰望天空的這個人忽然將視線下移，將政近納入視野範圍，站起來以雙腳踩穩斜坡，半滑落般噠噠跑下遊樂設施。

就這樣雙腳著地之後，慢慢走向政近。

在政近面前停下腳步的她，臉上露出像是懷念……又隱約帶著哀傷的笑容。面對倒抽一口氣的政近，她百感交集般開口：

「好久不見——」

Масачка!

後記

大家好，我是燦燦ＳＵＮ。不經意覺得開頭第一句的問候最難想的燦燦ＳＵＮ。苦思到最後居然是說「大家好」？這樣的吐槽就免了。這種問題大多都是苦思再苦思之後以簡短的型式做結。換言之這句簡短的問候可說是我深思熟慮的證明。我苦思了十秒之久所以肯定沒錯。

話說，我這次有件事必須向各位道歉。那就是上次第三集的後記很無聊。受到吉河美希老師推薦的事實令我開心過度，所以放飛的程度不夠。這可不行。因為我是小說作家。小說作家的工作是以文章打動讀者的心。這麼一來，我應該留意在後記也要盡量逗笑讀者。雖然沒看過其他小說作家這麼做，但是這部分就暫且不提。

哎，畢竟我看的輕小說都是著名作品……既然成為大師，行事想必都很正經吧。寫後記的時候應該不會像我這樣想到什麼就順勢一直寫下去，然後說「好的寫完了，去吧～～」一扔給編輯大人。肯定是再三深思熟慮之後以簡短的型式做結。是的，這裡是呼應這篇後記開頭的問候語。這叫做「回收伏筆」，也叫做「硬拗」。

啊啊對了，說到上集的反省點……還有一個。就是封面摺頁的作者留言。我在第三集的封面摺頁寫下「那不是標竿，是曬衣竿，所以要重新設置在剛剛好的高度」之類的內容。但我寫完之後就察覺了。是的……一般來說，日語的「標竿」指的是田徑跨欄的欄杆，而且曬衣竿基本上都比跨欄的欄杆高，這是震撼的事實。我在學生時代跨欄賽跑使用的欄杆，是只要有心就跨得過去的高度。然而曬衣竿跨不過去。想跳過去就必須使用腹滾式跳高才做得到。腹滾式跳高的英文是「Belly Roll」，聽起來很像是藍莓或是覆盆子口味的蛋糕捲，不過這裡使用的單字不是莓果（berry）而是腹部（belly）。

全國的各位國高中生，請試著在體育課練習跳高的時候以得意表情說出這個小知識。如果班上有人露出「這人一臉得意說出從別人那裡聽來的知識耶」這種瞧不起你的表情，那麼這個人是同好，請悄悄輕聲問「覺得艾莉如何？」。如果是真正的同好，他肯定會馬上回答「很可愛」。到時候請迅速和他用力握手。不過，假設他回答「我主推有希」，那就是敵人。請立刻一拳打向他的belly。有時候必須以拳頭訴說才行。放心，以拳交心之後肯定會萌生友誼。順帶一提，我實踐這個理論的結果，包括大學恩師、朋友甚至家人全都離我而去。不可思議吧？到底是哪裡做錯了？說不定和青春漫畫不同，在真實世界無法以拳頭產生友誼。總之下集之後我決定不要以拳頭訴說，改成先以膝蓋頂下去再說（※各位好孩子千萬不要模仿）。

那麼，打從心底無聊透頂的話題聊到這裡已經填滿篇幅了。在最後，本次也在撰寫本作時提供莫大協助的編輯宮川夏樹大人，這次也在百忙之中繪製許多真的非常色色咳咳！……非常出色插圖的插畫家もも こ老師，在情人節賀圖把艾莉的傲嬌表情畫得精美無比的さばみぞれ老師，以及萬萬沒想到居然願意受邀繪製宣傳圖的……傳說級畫師いとうのいぢ老師，最後還有參與本書製作的所有恩人以及拿起本作品的讀者們，容我致上大到能抓好抓滿的謝意。謝謝大家！

希望還能在下一集見面。後會有期！

（註：以上為日本方面的情況。）

《遮羞艾莉》
今後也請各位多多支持與指教
momoco

國家圖書館出版品預行編目資料

不時輕聲地以俄語遮羞的鄰座艾莉同學/燦燦SUN作；哈泥蛙譯. -- 初版. -- 臺北市：臺灣角川股份有限公司, 2023.01-

冊；　公分. -- (Kadokawa fantastic novels)

譯自：時々ボソッとロシア語でデレる隣のアーリャさん

ISBN 978-626-352-169-8(第4冊：平裝)

861.57　　　　　　　　111018414

Kadokawa
Fantastic
Novels

不時輕聲地以俄語遮羞的鄰座艾莉同學 4

（原著名：時々ボソッとロシア語でデレる隣のアーリャさん 4）

2023年1月27日 初版第1刷發行
2024年8月27日 初版第7刷發行

作者：燦燦SUN
插畫：ももこ
譯者：哈泥蛙

發行人：台灣角川股份有限公司
總監：呂慧君
總編輯：蔡佩芬
主編：林秀儒
編輯：黎夢萍
設計指導：陳晞叡
美術設計：吳佳昀
印務：李明修（主任）、張加恩（主任）、張凱棋、潘尚琪

發行所：台灣角川股份有限公司
地址：104台北市中山區松江路223號3樓
電話：（02）2515-3000
傳真：（02）2515-0033
網址：www.kadokawa.com.tw
劃撥帳戶：台灣角川股份有限公司
劃撥帳號：19487412
法律顧問：有澤法律事務所
製版：尚騰印刷事業有限公司
ISBN：978-626-352-169-8